気づいたこと、気づかないままのこと

まえがき

肩書をどうしたらいいかずっとわからなかった。

2023年までウェブメディアの編集部にいたから編集者ではあった。ただ、ウェブメディアの黎明期から現場に入り、常々編集業ってこれであっていますかときょろきょろする、真似事のような気持ちは抜けず、声高に編集者ですという自信はないままだった。ある媒体から短い文章の依頼を受けた際、肩書を聞かれて迷って「会社員」にしてもらったくらいだ。

自費出版本のセレクトショップであるシカクの店長、たけしげみゆきさんから、noteの有料マガジンでエッセイを連載してみないかと話があったのは2022年の春だ。編集業のかたわらライターとして企画記事を長く書いてきたのと、ブログにアップしている日記や雑文がエッセイ調だからと信じて依頼してくれた。のだけど、エッセイとしてエッセイを書いたことはこれまでなかった。

どうしたものか、わからずあわてた私がどうしたかというと、カルチャーセンターのエッセイ教室を受講した。なんとか書き上げて提出した文章を先生は丁寧にほめてくださった。アドバイスはひとつ。「空行はこんなに要りません」

ずっとインターネットで文章を公開してきた。モニターやスマホの画面に横書きで表示される場合は適宜行間をあけないと読みづらい。それが、紙に縦書きになったときに同じくらい行があいていると感想が「紙が無駄だな」になるのだ。

講座で得た自信でもって、それから月に1回、シカクのマガジンでエッセイを書いてきた。並走してくれたたけしげさんの編集者としての冴えわたる手腕に、なんと私はめきめき腕をあげた（たけしげさんも実感してくださり、書くごとにふたりで手を取り喜びあった）。

その後、先に述べた日記の傑作選がまとまり出版されることになった。日記だけれどエッセイ風味であることから、「日記エッセイ」と銘打たれた。

しばらくすると、雑誌やウェブの編集部からエッセイの原稿の依頼が入るようになりだした。

腹を決めた。名刺の肩書に、「エッセイスト」と刷った。

エッセイストの私の、エッセイ集がこの本です。ウェブ掲載時に多くとっていた空行は詰めました。

目次

本書はnote「シカクのひみつマガジン」にて連載中の「気づいたこと、気づかないままのこと」2022年5月～2023年6月掲載分、および個人で発表した文章を加筆修正し、新規書き下ろしを加えたものです。

朝霧装飾

私にはなじみの間違い電話がある。

最初にかかってきたのは5年以上前のことだ。不動産投資の勧誘電話が増えたいまでは見知らぬ番号からの電話は番号を検索してから取るようになったが、当時はまだどんな電話も持ち前の脇の甘さを発揮してばんばん出ていた。

「佐藤さんですか、朝霧装飾の山下ですが」「あ、違います」「お、失礼いたしました」

最初はただ普通にプッシュし間違えたのだろうと、それほど気にはしなかった。

「佐藤さんですか、朝霧装飾の山下ですが」「あ、違います」「お、失礼いたしました」

ほどなくして山下を名乗る声から2回目の間違い電話が入り、おやと思った。この人、このあいだも間違い電話してきたよな。

番号の押し間違いであれば2回同じ番号に間違い電話をかけることは確率的に考えにくい。もしや朝霧装飾という団体は詐欺のグループかなにかで、私の電話番号をどうにかしようとしているのではないか。ネットワークビジネスとか新興宗教の勧誘につなげようとしているのかもしれない。

そもそも朝霧装飾は実在する企業なんだろうか。検索した。なにかしら評判の良くない電話主は検索でその怪しみが暴かれることが案外多い。

すぐに企業の公式サイトらしきページが見つかった。どうやら内装を請け負う施工会社のようだ。建築業界には疎《うと》く知らない社名だったが、見ると東京に本社と工場があり、事業所も近県に数か所あるようだ。

なんだ、立派な会社じゃないか。

沿革をみれば創業は昭和50年代と歴史がある。スタートは家族で営む小さな工務店だ。一進一退ながら今に至るまでに事業を広げ、苦労しながらも成長を続けているのが伝わる。資本金も会社が大きくなるのにあわせ何度も増資されていた。

「常にお客様にご満足いただくことをモットーに、信頼を裏切らない仕事を」

トップページにはそうあった。採用情報には生き生きと働く社員たちのインタビューが掲載されている。属性にとらわれない人事がなされ、性別や年齢間の風通しが良いのが伝わる。福利厚生もしっかりとしており、ワークライフバランスへの目配りもまったくぬかりない。副業を認めるなど社員の人生を会社が応援する気風もあるようだ。

朝霧装飾……！　いい会社だ。

すっかり懐柔され、もはやけっして詐欺の会社ではないことを私は確信した。

ということは、山下はなんなのか。

もしや、優良企業である朝霧装飾を騙りなにかを企てているのか。だとしたら許せることではない。

分からないまま、万が一また電話があったときに備え、着信した番号を「朝霧装飾　山下」と登録した。

実はちょっと待っていたところもあったが、その後山下からの電話はなかった。私のほうでもすぐに忘れて、でも一度だけ、年末の大掃除の際に居間の障子の破れたのを見て「朝霧装飾ならきれいになおしてくれるのだろうな」などと想像するがそれきりだった。

しばらく経ったある日、見知らぬ番号から電話があった。

その頃になると私はかつての私ではなかった。さんざん不動産投資やセールスの電話を取り、未知の番号からの電話は番号を検索するまで取らないように心がけていた。ただそのときは、ちょうど宅配便の配達を待っていたところだったのだ。もしや道に迷った配達員さんかもしれないと取った。

「もしもし？　佐藤さん？　朝霧装飾の渡部です」

朝霧装飾だ！　しかし渡部とは。

「あの、もしもし？」

渡部はなんだか、山下よりも態度が大きい。

「す、すみません、こちらの番号は佐藤ではありません」

渡部の高圧なようすに跳ね返るように謝ってしまう。渡部はすんとした声色で「すみません、間違えました」と切った。

これはどういうことなんだ。

入電は山下の電話番号からではない。はじめて着信する、私のアドレス帳が記憶しない番号だ。そして番号だけではなく人間の方も渡部と新しい。山下同様、渡部の電話番号も登録しておくことにした。またかかってくるかもしれない。

しかし、またかかってくるかもしれない、ではなかったのだ。

スマホのアドレス帳に登録したところ、着信履歴にたまっていたいくつかの見知らぬ番号が「朝霧装飾　渡部」に変わった。怪しんで取らなかったり、移動中で取れなかったりした着信だ。ぜんぶ朝霧装飾からだったのか。

はっとした。

私の番号は、佐藤氏と呼ばれる人物の電話番号として朝霧装飾のデータベースに登録されているんじゃないか。

朝霧装飾は大きな会社だ。社には部を横断した取引先のデータベースがあり、集約して情報管理がされている。渡部がしつこくかけてくるのも無理はない。社のデータベースに載っている番号なのだ。間違いだとは思わないだろう。

山下は、辞めたのだろうか。朝霧装飾は離職率が低いことが自慢だとサイトにあったから、異動したのかもしれない。後任である渡部に対し、山下は佐藤氏について詳しく引き継ぐことをしなかった。データベースがあるのだから必要ない。

こう推測すると、まず言いたいのは山下に対し、最初の間違い電話でなぜデータベースを修正しなかったのかよ、ということだ。おそらく2度間違い電話をしたタイミングで自身のスマホのアドレス帳の方は修正したのだろう。一緒に修正してくれ、取引先登録も。

そう思ういっぽうで山下の気持ちも分かる。取引先登録みたいなやつを修正するのは案外手間なものだ。朝霧装飾は優良企業だが、もしかしたら部署間の連携は弱いのかもしれない。営業の山下がデータベースを修正するには紙で依頼を出す必要があるんだろう。課長に回してから、データベースを管理するコーポレート部門の担当に持っていかねばならない。コーポレート部門の事業所が山下の所属する部署とは別の場所にあるなんてことも十分考えられる。面倒だ。

こうなってしまうと私はどうしたものだろう。朝霧装飾のことは住所も代表電話もこちらにはわかっている。電話をかけて、これこれこういう理由でおたくさまの会社のデータベースに私の電話番号が誤登録されているようなのです、などと訴えるのが良いのだろうか。

いや。

朝霧装飾は真面目な会社だ。社をあげて間違い電話をかけ続けていたと発覚し、山下や渡部が責めを負うようになっては良くない。異動してちょっと出世したかもしれない山下、そして山下の後任となったばかりで気を張っている渡部。気の毒だ……と夢想するだけ夢想して、実際そこまでの思い入れはさすがになく、間違い電話がたまにかかるくらいで困らされているわけでもないのだからとまた放った。

そこからまたしばらく時がすぎた。世の中が新型コロナウイルスによるパンデミック一色になり、私は勤務をおおむね自宅で行うように、会議もリモートが中心になった。

会議が続く日だった。午後一番から夕方までずっと何本かの会議を渡り歩く。

山下から電話がきた。スマホの画面に「朝霧装飾　山下」と表示されたのだ。

うわっ！　山下、久しぶりじゃん！　と思うも私は会議中である。着信音をオフにしてとりあえず会議に集中した。終えてスマホを確認すると、山下から10分に1回のペースで着信し続けていた。なんだ山下、急用か。

朝霧装飾は内装の会社だ。なんだろう、壁紙を貼っていたら途中で足りなくなったか、上げた畳が返せないくらいかびていたか。システムキッチンが1ミリの誤差で台所にはまらなかったのか。

業界に不案内すぎて素人仕事の心配しかできないが、なにしろ大丈夫かよと、思いながらも時間がなく次の会議へ出る。終わって確認すると、また同じようにたくさんの着信と、それからショートメッセージが入っていた。

「佐藤さま　朝霧装飾の高井です　のちほどまたお電話いたします」

……高井！

山下じゃない！

これはなんだ。山下が所有していた社給の端末が、高井と名乗る別の人物に受け継がれたということか。山下はついに辞めたんだろうか。渡部は元気だろうか。

しかしどうしよう。高井のこの、私を佐藤氏だと疑っていない様子から、データベースはいまだ修正されていないらしい。

私にはなじみの間違い電話がある。ちょっと恐ろしく、なにか可笑《おか》しなことでもある。

可笑しみ続けるのも良いのかもしれないけれど、高井という新たな人物から、電話ではなくショートメッセージが来た。これは長く続くボタンのかけちがいを正すチャンスだ。私たちの関係もきっと潮時なんだ。

高井に向け「大変恐縮ですが、私は佐藤さまとおっしゃる方ではありません。貴社の数名の方からお間違いの電話をいただいているようでして、お手数ですがご確認いただければ幸いです」こう送り返した。

高井からすぐに「大変申し訳ございません、確認いたします」と返事があった。

以来、朝霧装飾からは誰からも連絡がない。サイトをみると新たなサービスをはじめ、業績は順調のようだ。

めがねの道

息子の右目の視力が落ちた。学校の視力検査でそう知らせがあったし、息子自身が「こっち（左）の目で見えるものがこっち（右）で見えない」と目を交互に隠しては壁にかけたカレンダーの文字を読んで言うのも聞いた。
学校からの通達では医者にかかるほどではないギリギリのレベルとの所見で、でも、病院に行って相談したらきっと、
〈低下したとはいえ右目の視力はまだそれほど弱まってはいないようです。ただ両目でものを見たときに視力の差があると眼精疲労を起こしやすいんですよ。ガチャ目とよくいいますが、専門的には不同視といいます。疲れは肩こりや頭痛の原因にもなりますから、眼鏡を作ることをおすすめします〉
みたいなことを言われて、聞いた私も、
〈あっ！　そうなんですね、この子は頭痛もちなんですが、もしかしたら原因のひとつはこの視力なのかもしれません〉
などと返すんじゃないかと考えた。病院に行く前に、医師とのやりとりをいつもつい想像してしまう。

迷ったが、息子の頭痛のこともあるし結局眼科に行くことにした。はたして右記のような会話が現実に交わされるのか、もしくはまったく別のお話がはじまるのか、確かめるみたいに。

土曜日の午前、息子を連れて家から一番近い眼科に歩いていく。眼鏡は嫌だなあと息子は言うが、絶対に嫌だという様子ではなさそうだ。理由があって嫌なのではなく、よくわからない、未知だから不安というパターンじゃないかと思われる。息子は小さなころから知らないものを好かない。

受付をすませると診察の前に視力測定するということで息子は検査の部屋に入っていき、しばらく待っていると眼鏡を作るのにレンズの調整をする人がかける例のあのスチームパンクみたいな眼鏡、検眼枠と呼ばれるそうだが、あれをかけて出てきた。

「これ」「おお、それ」

ついにやにや笑いを交わす我々。

看護師さんが、いま度の入ったレンズを入れていますから、これでしばらく様子を見ながら、気分が悪くなったり頭痛がしたりしないか、雑誌とかスマホを見て確かめてみてくださいと私にも伝えてくれた。

息子はスマホを所有しているがいつも携帯しない。今日も手ぶらでやってきた。待合室のラックに1冊だけ立っていたムックを取って渡す。カルディで売っているおすすめの商品とおすすめしない商品を並べて特集した本だ。

しばらくして看護師さんがまたやってきて、息子は「ちょっと違和感があります」と伝えた。本当に違和感があったから素直にそう言っただけなんだろうが、なんでもいいやと軽んじ「はい、大丈夫です」と答えなかったことに対し頼もしさがわく。

看護師さんがレンズを替えてくれて、息子は装着してまたカルディのムックを読んだ。

「このままだと俺はカルディにめちゃくちゃ詳しくなるな」

「なってくれたらとても助かるよ」

このムックを、私は実は以前ここで読んだことがある。息子の妹である娘がひと足先に眼鏡を作るために以前この病院にかかったとき待ち時間に眺めた。カルディの商品に情熱的に詳細で、あまりの情報量に集中して読み込むことが私にはできなかった。

息子が顔を上げた。眼鏡の度がまだ合わないのか。

「この本は、情報が多い」

やっぱり！

看護師さんがまたやってきた。「これなら大丈夫そうです」と息子が言うと看護師さんは「眼鏡の処方箋がいるんですよね、先生の診察のあとでお渡ししますので」と言って離れていって、あれ、そうか、もうすでに眼鏡を作る流れになっているのだなとはじめて気づいた。

病院というのはたまに、素人の予想を超えてものごとが早く進む。

呼ばれた診察室で、医師は部屋を暗くして息子の目の粘膜を手早く診た。問題ないようですから、さっき調整した度で眼鏡を作っていただければ大丈夫です。

はい、わかりましたと診察室を出た。気軽にやってきたがそれを上回る軽さで眼鏡へのきっぷを手にすることになった。

〈そういうのは眼精疲労を起こしやすいんですよ。ガチャ目とよくいいますが、専門的には不同視といいます〉なんてやりとりは、なかった。あらかじめ思うことの滑稽さに感じ入る。

私は視力がいい。他の何にも自信が持てず、ただ視力の良さだけを誇りとして心の頼りに生きたころもあった。度を入れた眼鏡のことをまるで知らない。

「気球を見たのか」帰り際に息子に聞くと「見た」という。眼科にかかると、人は計測用の機械をのぞいた向こうに気球を見るらしいというのは、アレルギー理由でしか眼科にかかりつけない私にとっては伝説のような話だ。娘はしばらく前に視力を落としてすでに眼鏡をかけ、息子も今日そういうことになった。二人とも気球の側にいる。

週末、処方箋を持って連れ立って眼鏡屋に行った。眼鏡をかけるというのは顔を変えるみたいなものだから、よほど悩んで決めるものだと思うのだけど、息子は買い物が大嫌いであれこれ悩むのが苦手だ。私が、こんなのどう？　とひとつ渡したら、なんとなく試着して「じゃあこれで」というので、私はあまりに安易にすすめたことに焦ったが、結局それに決まったからもう仕方ない。

30分で仕上げてくれるそうで、本屋でそれぞれ30分悩んで本を買って、できた眼鏡を受け取った。眼鏡を顔に乗せ、ケースと保証書の入った小さな紙袋を手に店を出た息子はしばらく歩いて立ち止まり、眼鏡をつまんで上に上げて、それからまたかけて「両目でよく見える」と言ってすこし歩くのを速めた。

ぴかぴかの眼鏡をかけて眼鏡屋の紙袋を持っているのは恥ずかしいといって、紙袋を私に渡した。

ものが水に溶けるとはどのようになることか

娘の通う小学校はコロナ禍でも緊急事態宣言が発令中でなければ配慮して保護者を校内に招き、子どもたちの様子を伝えようと努力し続けてくれた。

ある数日が指定され、その間はいつ行っても保護者が自由に校内を見て回ることができる「学校公開」は、入校可能時間を枠で分けて参加希望者を分散させ校内が密にならないようにすることや、給食の時間は非公開とすることで（逆にそれまで給食の様子を見学できたのがすごい。うらやましそうに見守る保護者と誇らしげに食べる子どもたちがいた）粛々と開催され続けた。

そんななかで娘の受ける理科の授業を見学させてもらったことがある。私は子どもの頃の記憶が薄い方で、とくに学校の授業はおおむねぼんやり受けていたからほとんど覚えていない。過去を思い出して懐かしむ感覚じゃなく、ただ新鮮に鮮烈に初等教育が中年の身にみなぎった。

内容は「ものの溶け方」。

最初に先生が黒板に大きく「ものが水に溶けるとはどのようになることか」と書いた。板書してねと言われていっせいにノートをとる子どもたち。

それから、理科室に並ぶ小島型の机ひとつひとつに、3つのビーカーと3種類の粉が配られる。班ごとにビーカーに水をくんで、ひとつずつ、粉を入れてマドラーでよく混ぜて観察する。

ひとつ目の粉はすぐに水に消えて透明になった。ふたつ目の粉も混ざって水が白濁した。みっつ目の粉は茶色い色が付いていて、なかなか混ざらないのだけどしばらく混ぜると透明の茶色い液体になった。

ここで、先生が子どもたちに、それぞれの水に入れた粉が溶けたかどうかを挙手で聞く。

ひとつ目は全員が「溶けた」に手を上げた。ふたつ目はちょうど半分が「溶けた」に、もう半分が「溶けていない」に手を上げた(娘は「溶けた」に、青天を衝く勢いで挙手していて、その細く高い手のキレの良さに笑ってしまった)。みっつ目はまた全員が「溶けた」に手を上げた。

先生は、1と3はみなさんの挙手のとおり、溶けましたね、という。じゃあ2はどうでしょう。「溶けた」と思う人の意見を聞かせてください。

すると数人の生徒がよろよろ前に出てきて「混ざったので溶けたと思う」「濁った水になったから溶けた」と発表して、拍手。

続いて「溶けなかった」と思う人も意見を聞かせてください。また数人の生徒がよろよろ出てくる。小学5年生のクラスだ。これくらいの時期の子は急に背が伸びて伸びた背をどうしていいかわからないのか、なんだかみんな胴体が左右によろよろする。

「溶けなかった」派は「濁っているのは溶けているのではないと思う」「放っておいたら底に溜まった。溶けていない」等々述べて拍手をもらってまた席に戻った。

先生は、うんうん、とうなずいて、「ここで正解を発表します」とおっしゃった。

私は、おやと思った。「正解」？ たしかに学問には解があろうが、子どもたちはいま実験をして観察して体験から言葉を取り出した。それを「正解」「不正解」で両断して良いものだろうかと、心にいちゃもんが付いたのだ。

すると先生は「理科的な『正解』ね」と付け足された。うおっ、漏れ出なかったはずの心の声が聞こえてしまったかのようだ。でもきっと、私のように思う子どもが脈々といた、ということだろう。

「2の粉は、水に溶けません」

おお～とざわつく子どもたち。「ここで、最初にノートに書いた言葉を見てくださいね」と言いながら、先生は黒板にも書いたその文字をさす。

ものが水に溶けるとはどのようになることか
ああ！　そうか。これは「ものが水に溶けるとはどのようになることか」を学ぶ授業だった。「ものを水に混ぜて観察する」授業ではないのだ。

私は「え～、棒で混ぜたんだから、2の粉も溶けるって言い表してもいいんじゃないっすかねえ」と、実験を見学してそう思った。

でもこれは「ものが水に溶けるとはどのようになることか」をみんなで目撃して、「このようになることが、ものが水に溶けるということだ」と握る。認識を確認し合う授業なんだ。

「ものが水に溶けるというのは、その姿が水の中に見えなくなることを言います。2の粉は、混ぜても濁る。濁っているということは粉がまだ目に見えているということ。沈むのも溶けなかったということです」先生の言うことが全部素直に身にしみる。

私がまじめに取り組み損ねた小学校の勉強というのはこういうものだったのか。

最後に先生は種明かしをされた。1番目の粉は砂糖。3番目の粉はインスタントコーヒーを砕いて砂糖を混ぜたもの。インスタントコーヒーはこの実験に古くから使い続けられているそうだ。先生が見学の親に向けて教えてくださり「へ～」と保護者一同がわいた。そして、溶けなかった2番目の粉は。

「片栗粉です」

ああ、片栗粉、混ぜても溶けない。ありゃ溶けない、溶けてないわ、人間生活の体験から言っても、たしかにぜんっぜん溶けない。

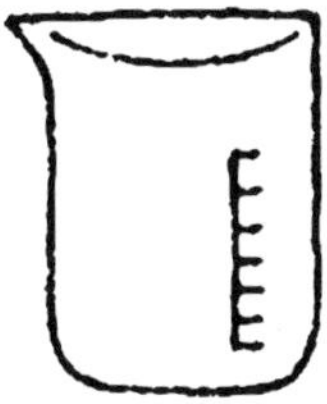

風船のまち

小学校の高学年から高校までを、埼玉県西部の山を切り開いて造ったニュータウンで暮らした。１９９０年代に開発されたそのニュータウンへは、東京都心から郊外へと延びる私鉄路線の終着駅でいったん下車し、山間部へ行く別の路線に乗り換えて着く。

山へ向かう路線はボックスシートの車両が走る。かつては対面するシートの窓際に小さなテーブルがついており、その下が栓抜きになっていた。観光で乗るお客がビールやジュースの栓を抜いたんだろう。今も週末は登山客でいっぱいになる。

ひとつひとつ手続きを踏んで、まちとしてきちんと育った歴史のある景色を横目に電車は山へ向かう。徐々に住宅が減り、そのうち山の森に突っ込む。雑木をかきわけて進んで数駅、ぱっと視界が開けると山の斜面に数千軒の家がみっちり並ぶ景色が急に広がる。

トンネルを抜けるとそこは住宅街であった。そんなニュータウンだ。

開発した山肌が斜面として生かされ、勾配をなでるように家は建ち並ぶ。家と家とのあいだは隙間がほとんどなく、つまんで並べたようだ。標高が上がるごとに舗装された崖があり、段々畑のようでもある。

暮らした家は、ニュータウン開発の最後の仕上げとして区画された場所にあった。駅から続く家、家、家を眺めながら山を20分弱登ったころにやっと見えてくる。

ニュータウンは全体の構造として、ふもとの駅を起点とし、開発開始当初に建った古い住宅が駅の近くに、山頂へ向かうほど築年が浅くなる。

早くに入居した住民は家が駅に近いことが大きな利点だが、子どもにとっては新しい、頂上に近い方が有利だ。山頂には小学校と中学校がある。

山そのものがニュータウンだった。ニュータウンにいるかぎり、山からは出られない。

新しい住宅が続々と開発されるうちはまだニュータウンの中にスーパーがあって、周囲には商店街も並んでいた。けれど、私たち家族が引っ越してきて1年も経たずに開発はぜんぶ完了し、そのあとすぐにスーパーも商店も続々と閉店した。とくに本屋の撤退は早かった。山の中腹にせめてあった独立系のコンビニも閉店してふつうの民家になり、唯一残ったドラッグストアの店主は怖かった。

まちを出て外の気分にふれるには、歩いてふもとへ降り、隣山、もしくは川の流れる平野のまちへの道をたどるか、学校のある頂上から峠を向こうへ越え山の逆側のまちに降りる必要がある。

車は自力で運転できないし、電車に乗るお金もない。一応自転車はあるが、山の傾斜はきびしく使えたものではない。妹はたまにスタンドを立てた状態で競輪選手の稽古のようにから漕ぎしてトレーニングだと言っていた。

子どもがまちを出るためにはひたすら歩くしかなかった。ふもとから平野に出るルートは、歩いていくと30分で本屋に、1時間で図書館に行けた。山を越えるルートは峠を30分かけて越えると、越え切ったところで目の前に山麓沿いの細い国道が現れる。国道をトラックにひかれないように用心深くまち方面に10分ほど歩いたあたりにコンビニがあった。

週末は歩いて外へ出て、でも思い返せば子どもの頃はやっぱりほとんどの時間を山のなかで過ごした。

山にぽんぽんに建つ家の、並び終わったきわの部分から先は崖か谷だ。崖の上も谷底も、森が広がって虚無に見えた。一部の森は入居当初は人が入って遊べるように整備されていたが、そのうちうっそうとして荒れ、試しに入ってみるとすぐ蛇が出た。

山に立つ木は全部杉で、季節になると風にあおられ大量の花粉が噴き出すのが見えた。家々の車のボンネットには真っ黄色に花粉が積もった。歩道も車道もアスファルトで舗装はされていたけれど、もともとの山であるはずの土地の息吹は力強く、アスファルトを木の根や雑草が押してどこもぼこぼこだった。雨が降ると数えきれないみみずが山の土からあふれだして歩道まで流れついて水を吸って膨らんで横たわりよけて歩くのが大変だ。洗濯物には四季なんかなんの関係もなく、山からの風にのってきたカメムシがいつも大量についた。

変なまちだ。

あまりにも変だから、母にいちど「空気が良いから仕方ないね」と言ったら「空気、良かないよ」と言われた。山を下りたふもとの平野にはたくさんの工場が建っている。

風船をふくらませて、中に家をぎゅうぎゅうに詰めたみたいだと思った。出入り口が狭くって、中がぱんぱんにふくらんで全体にテンションがかかっててよく分からない状態になっている。

高校生になり、ふもとの駅からのぼり電車に乗って、山の路線の終点、東京都心へ向かう路線の始発駅の近くにある学校に通った。10代後半は風船から吹き出すように毎日まちから出て、夕方になると風船に息を吹き込むみたいにまた風船の内部に戻る日々だった。

帰宅時、駅から自宅へ帰る山登りはつらい。夏はきびしく暑く、冬はもっときびしく寒かった。夜はただ暗い。並ぶ家の門灯とすこしの街灯が頼りだ。

高校時代にアルバイトで遅くなった日は親に頼み込んで車で駅まで迎えに来てもらうこともあった。700円台の時給を得るのに家族と車を巻き込んで、これで稼いだことになっているのだろうかと、家がへんな場所にあることで、労働が不器用であるようすに片付かない思いでいた。

住民全員が、同じ帰宅条件で暮らすまちだ。夜、1時間に1回の電車が到着する時間には、駅前に何台も車が待っていた。あるときバイトのあと、帰る電車で中学の部活動で世話になった先輩と会った。先輩は駅に親が車で迎えに来てるから、よかったら乗っていかないかと言ってくれた。当時はばったり会った同士で融通し合うことがよくあった。願ってもない申し出でありがたく、上がらない頭のまま改札を出て先輩についていくと、ロータリーで待っていた先輩の家の車には人がいっぱい乗っている。先輩のお母さんが運転手、お父さんが助手席に乗り、後部座席には弟らしき男の子がふたりいた。暇だから、全員乗ってきたんだそうだ。詰めてぎりぎり後部座席に乗せてもらった。先輩の弟はふたりともジャイアンツのファンらしく、車内には巨人戦がラジオで流れており、応援しながら帰った。

体育の授業で足をねんざして、軽くはあったけれど心配した母が治るまでは駅まで迎えに行くと言ってくれたこともあった。駅のホームの公衆電話から乗る電車の発車時間を知らせようと電話をすると妹が出て、お母さんに伝えると言って切って、しかし到着して駅前で待ってもなかなか車が来ない。そのうち妹が山の斜面をすべるように自転車でやってきた。から漕ぎをトレーニングと言い張ったあの妹だ。いると思った母が出かけており、それを私に伝えようにも当時私はポケベルもまだ持っておらず連絡がつかなくて、どうしようもなくなって自転車に乗って飛び出したということだった。自転車が、行きは速いけれど帰りは押して帰らねばならないただの荷物に変わるのがこの山の交通事情だから、妹は自転車を押し、私は足をかばって歩いて山を登って帰った。車に乗って母がやってくるのを待っていたら、自転車に乗って外気にむきだしの妹がすごいスピードで登場したから私はおかしくて、妹とふたり、帰るまでずっと笑い続けた。

閉じ込められたような変なまちだと思っていたし今でもやっぱりちょっと思う。でもそんなところにも、だからこそその可笑しみはどうしようもなく宿ってしまう。

風船から空気が抜けて、また吹き込んで、そうやってまちはずっと住民を吸ったり吐いたりしてきた。

私たち家族が入居するまでは住宅がつぎつぎに建って人口も純増に次ぐ純増、うなぎのぼりだった。住む場所を増やし続けたのだから当然だ。けれどぜんぶ建て終わったらあとは人は減るいっぽうになった。死んだり、子どもが独立して出て行ったりして。新たにやってきたり戻ってきたり、生まれて増えたりもするけれど、どうしても少しずつ中の人の数は少なくなっていく。

家族で暮らした家はいま、あのとき自転車でかけおりてきた妹が継いだ。元気でかわいい子どももいて、山頂の学校に通っている。

かつてははちきれそうなくらい生徒がいた学校だけれど、まち同様、いまはずいぶん通う子どもも少ないそうだ。

生協のカタログだけがおもしろい

2度退会した生協に3度目の加入をして、続いている。目的は、切った肉や魚と野菜、それに調味料とレシピがセットになった「ミールキット」だ。包丁を使わずに火にかけるだけで美味しい出来立ての料理を仕上げることができる。

翌週の分をネットで注文すると、毎週決まった曜日に配達してくれる。カット済みの生鮮品だけに賞味期限は短い。でも3日分だけでも頼んでおけば、週7日のうち3日は晩のメニューを考えずに済むし、買い物に行かなくていいし、肉や野菜を切らなくてもいい、調味料を合わせる手間もかからない。

面倒を引き受けてくれる分値段はさすがに割高で長らく手が出せずにいたが、料理に時間が割けずスーパーで総菜を買うばかりになっているのに納得がいかず思い切って試したところ、私の性格と家の生活スタイルに完璧にはまったのだった。以来ずっと頼り続けている。

注文はウェブでするから紙のカタログは不要なのだけど、ペーパーレスを選択することは今のところできないと配達員さんに聞いた。カタログは毎週注文したミールキットと一緒にどさっと届く。カタログはタブロイド判でフルカラーだ。食料品のと、日用品、台所用品、衣類、化粧品などが別の綴りになっている。そのまま捨てるのも申し訳なく、なんとなく軽くめくってぼんやり眺めてから古紙回収に出す。

今日、古紙をまとめようとして新聞紙と一緒に重ねたら、すべすべした紙質のカタログが新聞紙の束からつるっと吐き出されるようにすべって床に落ちて広がった。二つ折りにした輪が開いて、ちょうど開いたページに、髪にボリュームが出せるというふれこみのくしが載っている。

私これ、買ったな。10年とちょっと前に、買ったな。


15年前、私のお腹から子どもが生まれた。3年したらもうひとり生まれてきてくれた。子宝に恵まれるとはまったくこのことで、ありがたいことこのうえない話だ。生まれたばかりの子どもの肌はやわらかくきめ細かくはじけるように外向きに張り、産毛が全体を守ってそよそよ光った。まいにち泣いて泣いて泣いて、笑って、絶え間なくなんらかの体液を外に放つ。眠ることを死ととらえ、異常におそれて全力で抵抗するのが赤ん坊だと育ててはじめて知った。

幼児になると髪の毛がしっかりする。一本一本が讃岐《さぬき》うどんみたいに角が立ち、細くやわらかいのに強くしなり風に揺れてもからまない。この頃の子どもは基本的に、やりたいことと、やりたくないことのどちらかしかない。やりたいことだけをやり続け、やりたくないことはぜったいにやらない。

私はもともと面倒がりで、あれこれたくさんのことを抱えられないたちだ。やわらかく温かい、丸い塊のような体で眠ることを拒む赤ん坊と、やりたいこととやりたくないことが全身にぱんぱんに詰まった幼児。ふたりが死なないように、できるだけ病気にならないよう健康を保つ生活環境を整えること、お腹がすいてどうにかならないように食事を作ること、病気をしたら治るまで看病すること、お金がなくならないように働いて稼ぎ出し、稼いだお金は適切に使って、残った分は守ってできれば増やすこと、人間として暮らすのに必要な手続きを忘れないこと、それで手はいっぱいになった。

あるとき、「もう、これでいいや」と思った。

お産で抜けた髪が生え戻らず、すかすかになった頭が涼しい。産院の退院時にあんなに助産師さんから言われた、肛門を締めて骨盤底筋を鍛えるケーゲル体操をさぼりにさぼったからふとした瞬間の尿漏れがひどい。

子どもたちが寝静まって、夜、私は居間に立っていた。覚えている。いつもより天井が近くに見えた。体が浮いたか、もしくは大きくなったような気がした。

もう、これでいいや。

あとはただ生きよう。なにも望まず、なにか起こさず、今持っているタスクだけを確実に果たそう。

そう思ったら、せいせいした。あとはもう、何もしなくていいことになった。

子どもが生まれてからずっと、怖かったのだ。目の前にはあまりにも時間がなかった。1分もない。いいんだろうかと恐ろしかった。でも決めた。もう、これでいいんだ。

本を読まなくてもいいことになった。美術館に行かなくても、映画を観に行かなくてもいいことになった。劇場にも、ライブにも、フェスにも、行かなくていいことになった。

飲み会もカラオケもカフェも、ちょっといい本屋とか服屋とか雑貨屋とかに行かなくていいことになった。街に出なくていいことになった。駅前のブックオフにも、なんならコンビニにも行かない。

なにも知らなくて、それでいいことになった。

スーパーで買い物をしているあいだに子どもがかんしゃくを起こすと大変だから、

週に一度、食材を配達してもらうよう生協に入ったのはそのすぐ後だ。なんでも生協で買った。1週間分、買い物に出かけなくてもいい分量を申し込んだ。注文した食材と一緒に、次週の申し込みを選ぶためのぶあついカタログがどさっと届く。カタログはタブロイド判でフルカラーだ。食料品のと、日用品、台所用品、衣類、化粧品などが別の綴りになっている。

最初は食料品のカタログだけ見てほかはぜんぶ古紙のラックに突っ込んでいたのだけど、そのうちなんとなく日用品のカタログも見るようになった。

考えたこともない商品がある。石の苔を取るスプレーとか、網戸のほこりをとる手袋とか。足の裏に貼ると翌日すっきりするという竹酢の足裏シートは異様な大容量で安い。ぶら下がり健康器がまだ売っている。足のまめをとるクリーム、首のシミを取るクリーム、手のくすみを隠すクリームがある。どれも全部、聞いたことのないメーカーの商品だった。

おもしろがって、楽しみに読むようになった。髪の毛をふんわりさせる目が粗く毛の固いブラシを買った。

散らばった古紙をまとめながら思い出した。娯楽が生協のカタログだけだったころが、私にはたしかにあった。

子どもたちが成長するにつれ環境が変化し、周囲の人たちに力を借りることも覚え、そのうちじわじわと目の前に空いた時間がすこしずつ広がるようになった。

時間はあっても気力はまだ追いつかなくて以前のように本を読んだり映画を観に行ったりできるようにはならず、でもとりあえず隣町のTSUTAYAでレンタルコミックをごっそり借りてマンガを読むようになって、生協のカタログを熱心に見ることはなくなった。

くしなんか買ったりして、なんだったんだろうとマンガを読みながら苦笑いした記憶がある。でも、生協のカタログだけがおもしろいあの日々は、悔しいやむをえない世界でつかんだせめて得がたい興奮だった。

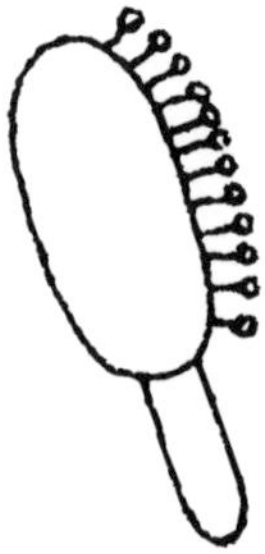

新宿郵便局留

新宿駅の西口、地下道を使い這うように駅前のロータリーの下をくぐりぬけ地上へあがると、地図上をヨドバシカメラが島のように点在するエリアに出る。ヨドバシカメラとヨドバシカメラのあいまに飲み屋とかまんが喫茶とかコンビニとかスマホ屋とかあれこれの店がぎゅんぎゅんに詰まって、それでも道路が広いからあっけらかんとした雰囲気がある。繁華で雑然としているわりには怖くない。

新宿郵便局はその奥、都庁に向けてビジネスビル群が並びはじめる直前にある。いろんな要素が乗り合ってごてごてした他の建物にくらべるとぐっとおだやかでシンプルなたたずまいで、そこだけ掃いて上から置いたみたいな様子で建っている。

郵便局というのは、商店街の途中や住宅街に突然あらわれる金融と郵便の窓口がひとつかふたつの小さいのと、銀行くらいの大きさの土日や夜間も郵便物を引き受けてくれる大きなのがある。新宿郵便局は後者の、多分都内の郵便局のなかでも代表的な局なんじゃないか。

私は子どもの頃、郵便局が大好きだった。

郵便の周辺には、切手ファンがいたり、便箋や封筒など紙もののファンがいたり、消印のファンがいたりとさまざまな愛好家がいる。私は郵便という通信そのもの、出した手紙が郵便のシステムに乗って誰かの手に届く、ネットワークによるコミュニケーション自体に異様な熱意と関心を持つタイプのファンだった。そもそもは文通に興味があって、そのハブという意味で郵便局を愛好していた。

私が子ども時代を過ごしたのは80年代後半から90年代前半で、当時は雑誌にペンフレンドの募集欄というのがよくあった。募集する人の住所と名前が堂々と掲載されており、それを見て手紙を書いて送ったし、私の募集文も載せてほしくていろいろな雑誌に何度も応募した。

郵便配達のバイクを見かけるとそれだけでなにかが起こるようなわくわくを感じて、ポストを見つければここから手紙を出すことで世界のどこにでも届くのだといてもたってもいられない気持ちになった。

世の中にさっそうとインターネットがあらわれて、コミュニケーションの興奮の場がメールやホームページに代わっても郵便への信頼と希望は持ち続け、そうして20代の前半のころ、バイト先で知り合った年下の友人から、自分の代わりに新宿郵便局に手紙を受け取りに行ってもらえないかと頼まれた。

当時私は短大を卒業し、けれど就職はせずにホームページを制作するプロダクションでアルバイトをしていた。事務所は新大久保駅の近くにあって、一緒に働くバイト仲間の多くは近くの大学に通う学生であり、友人もそうだった。文学部で学び、日本の新旧の文学作品はもちろん海外の作品にも詳しい。私は当時から難しい文章が頭で読み解けないことに強い焦りと至らなさを感じていたから羨み尊敬していた。よく一緒に、当時すでに十分珍しかった貸本屋に行った。漫画の全巻セットを借りて交代で読んだ。いつも品の良い身なりをして、静かな人だった。

代理で手紙を取りに行ってもらえないかと頼まれたのは、友人が病み上がりで久しぶりにバイト先へやってきた日のことだ。インフルエンザにかかっていたらしい。冬が終わるようなまだ終わり切らないような、肌寒い春先だったのを覚えている。

話を聞くと、近ごろ社会人の恋人が仕事で遠地へ引っ越したという。メールやショートメッセージでのやり取りとは別に、恋人は友人に手紙を送りたがった。同じ大学を卒業して霞が関で公務員をやっていると、当時は社会のことがよく分からないままぼんやり「へぇー」くらいに考えていたが、いま思えばそれは官僚だ。

付き合いはじめの頃に友人に誘われて、その恋人主催の代々木上原のマンションのホームパーティーへ行ったことがあった。NPOとかNGOとかの人らがたくさん来ており大勢で朝まで飲んで、そろそろ帰ろうと、テーブルの上をなんとなくみんなで片づけて、食べ途中の、パテのようなものが入った瓶詰、これはどうしましょうと聞いたら「そういうのはうちではもうみんな捨てちゃうんだ」と言われて私はすっかり恐れ入った。

静かな友人には合わない派手な人だと断じていたから、手紙を送りたがるのは意外だった。パーティーの派手が手紙の古風で相殺されて、結果、ちゃんとこの友人に合う人なのかもしれない。

それにしても、手紙がなぜ郵便局に届くのか。聞けば友人は同居の父母に恋人の存在を知られたくないという。親子関係が良くなく、手紙が自分の不在時に自宅に届くのを避けたい、それで友人は恋人に、どうしても手紙を送るのであれば新宿郵便局へ局留で送ってほしいと頼んだらしい。

局留という仕組みはそれまで使ったことがなかった。住所に指定の郵便局の局留と書いて相手に送ってもらうと、到着からおおむね10日の間その郵便局で受け取れるのだという。

体調不良で休んでいた分バイトの仕事がたまっており、代わりに取りに行ってくれないかというのが、友人からの依頼だった。

わざわざ手紙を送りたがる恋人の癖、折り合いの悪い家族、郵便局に局留で手紙を送ってもらおうとアクロバティックな方法を思いついたものの病気で身動きの取れなかった友人。そこへ、バイト仲間としてこの話に加わった私はまさかの郵便局ファン。思いもよらず、役者は揃った。

友人は私に委任状を書いて渡した。本人が来られない場合は委任状を代理人に持たせるようにと郵便局から言われたのだそうだ。

便箋に手書きされたその書状には、都合により行けない自分の代わりに友人の古賀及子さんに受け取りを依頼しますといった文章のあとに署名と捺印がされていた。友人の字は達筆だけれど細い。ボールペン書きにもかかわらず筆圧が弱いのが伝わり、なにか頼りない。

手にして、友人は自分でも行けるのだけど、行きたくないんじゃないかとわかった。実際、私たちのバイトの内容はパソコンさえ触れれば誰でもできる類の専門性の低い作業だ。たまった仕事があったとしても、分けあえばすむ。でも、何も言わなかった。

バイト先から、友人に見送られて新宿郵便局へひとり向かった。夜。にぎわうヨドバシカメラ近辺を抜けると郵便局の通りは静かで、街灯が照らす明かりの部分を選んで踏んで歩いた。

局内はすでに一部の夜間受付を除いて閉まっており、必要最低限の照明だけが暗い中にぽつりと灯る。１階では郵便の夜間受付の前のカウンターで荷物の梱包をしている人がいた。局留の引き取りは地下との案内に、エスカレーターで降りる。がらんとした地下には私のほかに誰もおらず、受付の小窓から光が漏れていた。のぞき込んで人を呼んだ。

出てきた局員さんに委任状を開いて平らにして渡す。それからたしか身分証明書として免許証を見せたのではなかったか。本当に、この小窓から友人宛に届いた手紙が出てくるのだろうかと、抽選を待つようないちかばちかの気持ちで待った。

手紙は、小窓からトレイにのって差し出された。

素手で受け取って、これはラブレターだと自覚した。はじめてだ。私がはじめて手に取ったラブレターは、他人が他人に宛てたものだった。

絵で描くラブレターは白い封筒に赤いハートのシールで封がされているが、実際のラブレターは町内会費を払うのに使うような、細長い薄いクラフト紙に赤く郵便番号を記入する並んだ四角が印刷されている、いわゆる茶封筒だ。

枚数が多いらしくしっかりと折りきれずにまるまった紙がぱんぱんにつまっている。友人に渡す前にはちきれるのではないかと思った。

リステリンの泉

リステリンオリジナルを私は父方の祖母からおぼえた。

ここでいう「おぼえる」は、存在を教えられ知っておぼえるのみならず、たばこをおぼえる、とか、お酒をおぼえる、でいう「おぼえる」だ。リステリンを使う習慣を祖母にならった。

私は18歳で短大に入学するころ埼玉から東京の祖父母宅に居候として転がり込んだ。

祖父母の家は交通の便のいい場所にあり、私が居候をはじめて少し経った頃、いとこ夫婦、祖父母にとっての孫夫婦もやってきて住みついた。いっとき私がバイト先の先輩からシェアハウスに誘ってもらって祖父母の家から離脱し、それからしばらくして祖父が脳梗塞で倒れて寝たきりになり、いとこ夫婦は自宅へ戻って、私が再度居候として帰って、それからしばらくして祖父が亡くなった。

なんやかんやあったそのいつのまにかだった。リステリンが祖母の消耗品一覧のうちの、絶対に欠かしてはならないもののひとつに加わったのは。

祖母はリステリンのラインナップのなかでもいちばん口内で刺激の強い「オリジ

ナル」に強いこだわりを持っていた。液体の色が金色のやつだ。それ以外は認めないと強固に表明していた。

クールミントなど他のものでは甘すぎる、というのがその理由だと聞いたおぼえがあるが、そこにリステリンユーザーとしてのちょっとしたプロ意識のようなものを祖母は持っていたように見えた。あれじゃなくちゃダメなのよ、みたいなことをよく言っていた。

祖父が死んだあとも私は居候として残った。祖母の愛用するリステリンオリジナルをどうして私も使いはじめたのか、その記憶はもはやない。いつかなんとなく祖母にならって使うようになったのだと思う。そのうち私も祖母と同じように、リステリンはオリジナルに限るとプライドを持つようになり、その自意識は祖母を喜ばせた。祖母と私の間にいつしかリステリンオリジナル仲間としてのバイブスが上がっていった。

私が独立し、祖母宅を出てから数年のあいだ祖母はひとりで暮らしていた。そのうち腰を少しだけ悪くし、生活を助けるために私の両親が祖母宅にやってきて同居することになった。

母は私が子どものころから大変に歯に難儀を抱える人だ。さまざまな歯科治療を受け続け、いまや入れ歯やインプラントなどが複雑にいりくんだ独自の口内構成になっている。口腔ケアもあれこれ試す日々だったようだが、なぜだろうマウスウォッシュにはとくべつ銘柄の指定を持っていなかった。

祖母の強いこだわりはすぐに母に伝播した。母もすなおに、またスムーズにリステリンオリジナルユーザーとして立派に育った。これで親子三代がリステリンはオリジナル派と、主義を掲げることとなった。

リステリンシリーズには高価格帯で虫歯予防まで効果をひろげたトータルケアシリーズがあって人気を博しているが、私たちはあくまでオリジナルを支持し続けた。祖母はトータルケアシリーズを一度として試すことなく死んだ。

そしていまなお、私たち親子はリステリンオリジナルだけを使い続けている。

毎年正月にかつての祖母宅である実家にあいさつに行ったあと、私は必ず近くの商店街でいちばん大きなあのダンベルの形のボトルを2本、2リットル分のリステリンオリジナルを買う。このあたりの商店街にはドラッグストアが数軒あり、値段やセットを見比べ、安いものを選んで仕入れることができるからだ。運が良いと1リットルボトルに250ミリリットルのボトルがついてくることがあり、これは「親子」と呼んで我々のあいだでは吉兆であると、正月にめぐりあわせるととても縁起が良いとしている。

母は私以上にリステリンをいかに安く買うかに日頃から執心しており、私が安く買って帰るとなぜ自分の分も買ってきてくれなかったのと怒る。あんまり本気で怒るものだから、1リットル分を母にドラッグストアで買ったとおりの値段で売る。

いまだに残念に思っていることがある。祖母がいつもどのドラッグストアでリステリンを買っていたのか、聞かなかったことだ。祖母は買い物の上手な人だったから、あたりで一番安くリステリンが買える店とお得なタイミングをしっかり把握していたはずだ。

祖母はリステリンを絶対に切らすことのないように、1本をストックとしてかならず保管し、1本空になるごとに真面目に買い足していた。重い1リットルボトルを、祖母は買い物カートに入れて引いて帰ってきた。

同居していたころは、使っても使っても祖母が必ず買い足すので、湧く泉のようだった。

抱っこして行かれますか

ディズニーランドの売店でせがむ娘にこたえてぬいぐるみを買ったところ、店員さんに「抱っこして行かれますか」と言われた。そのまま渡すか、袋に入れるかという質問だ。

ディズニーランドは、ぬいぐるみを抱いて歩くお客を子どもも大人も関係なくよく見かける。あれをやりますか？　ということを聞いているのだ。

娘がレジから離れた場所にいてどうしたいか確認できず、なんとなく「じゃあ抱っこします」と言った。もう何年も前の話だけれど、いまでも質問としての「抱っこして行かれますか」を印象的に思い出す。

図書館に行ったあとスーパーに寄ろうと商店街を歩き、銀行の前で向こうからきたトラのぬいぐるみを抱えた小さな子どもとすれちがった。何かのキャラクターだろうか、赤い冠をかぶって、大きい。しっかりと綿がつまって、自立するタイプのぬいぐるみだ。子どもが小さいから余計に大きく感じられる。あまりのかわいらしさにすれ違ったあともずいぶん豊かな気持ちが持続した。

持続しながらあの「抱っこして行かれますか」が思い出されて、久しぶりに味わう。そうして急に、なんでこの言葉が忘れられないのか、その輪郭がはっきりと浮かび上がって見えた。

ディズニーランドでは、ぬいぐるみを抱いて歩くお客は自然発生的に現れはじめたものと思われる。私が今すれちがった子どものように、好きでそうした。

ある一人がはじめたのか、なんとなくじわじわと広まったのかはわからないが、そうやってぬいぐるみを抱いて歩く気運が高まることにより、お店でぬいぐるみを買うお客さんが「袋はいりません」と申し出るようになった。

すると店側も気づく。さては買ってすぐ抱いて歩くつもりだなと。統括する部署にも、最近園内をぬいぐるみを抱いて歩くお客が多いようだと知らせが入るわけだ。ぬいぐるみを買っても袋は不要なお客が数としてまた様相として把握されていく。

そしてついに「抱っこして行かれますか」という声掛けが発生するに至った。

話の肝はここからだ。声掛けの誕生により、お客の側にも（なるほど、このまま抱っこして行くのもおつだな）というひらめきが与えられることになる。そんなことは思いもしなかった層へ、ぬいぐるみを抱いて歩くという選択肢が現れる。

店員さんは、娘が離れた場所にいたため大人ひとり客のように見えたろう私にも優しく声をかけた。人の生きざまは自由なものだが、ぬいぐるみを大人が抱いてどうするという気分で生かされてきた人も、とくに私のように昭和の生まれの方々には多いのではないか。

そういった人々へ、店員さんの発言は大いなる赦しとして響くだろう。「抱っこして行かれますか」にはぬいぐるみを抱いて歩く文化の、発生と定着が含まっていたのだ。

そんなフィクションを考えながらスーパーでキャベツと大根を買った。

私たちのパンプキン

小学校の同級生のちよちゃんは、私が暮らす団地の隣に建つ大きな社宅の子だった。全体がコンクリートむき出しの建物で、外階段は乾いたほこりのにおいがする。敷地内には広い土の地面の空き地があった。自然と子どもが集まってよくソフトボールをして遊んだ。

空き地にはのら猫がたくさんいてどの猫も目のまわりが炎症を起こしており、どうしたらいいんだろうといつも話し合うのだけど大人に相談するでもなく見守るだけだった。

ちよちゃんの家は日中大人がいない。小学3年生のころ、放課後によく遊びに行った。ファミコンをしたりテレビを観たり、ちよちゃんのお姉さんが集めていた『あさりちゃん』を読んだりした。

ちよちゃんのお母さんは昼間は保険の外交員をしていて家にあまりおらず、私たちはおやつを食べて、それからファミコンの「テニス」をやった。普段からおねえちゃんと戦っているちよちゃんはちゃんと強くて、私は下手だった。コートが芝かダートか選べて、美しい緑の芝のコートに対しダートコートにはどうしても魅力が感じられない。

テレビだったかビデオだったか、映画の『グレムリン』を観たのもちよちゃんの家だ。かわいい生き物が出てきたかと思えば、ものすごく気持ち悪い生き物も登場して、なにがなんだかわからなかった。人生を絶望的に感じさせるセリフもあって、ひどいことだと、フィクションに強く悲観したのはあれがはじめてだ。

ある日ちよちゃんのお母さんがいつもより早く帰ってきた。私はその日、手作りの手提げを持っていて、ちよちゃんがお母さんにそれを言うとお母さんは「えっ！」と驚き、そしてちょっと見せてね、というので私はバッグを渡す。

キルティングの布をじょきじょき切って手で縫って作った。切りっぱなしの部分は丸めこまず、折り返して縫っただけ。キルティングの生地から綿が出ているのを見てお母さんは「ああ……」と安心したようだった。

私は世情に疎《うと》いにぶい子どもで、世界の把握が遅れていることで周囲から軽んじられることの多い子だったのだけど、このとき、ちよちゃんのお母さんが、自分の娘がまだ経験のない裁縫を、同い年の子がやっていることに焦り、そしてその出来の稚拙さを見て安堵したのにはなぜだかすっかり気がついた。

嫌な気持ちにはならなかった。気にならなかった。人の真意を察しながら、あれほど気にしないなんてこと、今はもうできない。

それからちよちゃんのお母さんは小さいメモ帳をくれた。生命保険会社の名前とキャラクターのイラストが入っていて、帰って母に言うと、それはちよちゃんのお母さんが営業のために会社から買っているものだと教えてくれた。大切なものだと。ちよちゃんのお母さんは、もしかしたら私の手提げを確かめたことが後ろめたかったのかもしれない。

ちよちゃんが粘土のニスを手に入れたことがあった。塗ると紙粘土で作った工作の表面がぴかぴかになる。私は興奮した。その日の帰り際、社宅の階段まで送ってくれたちよちゃんに「ばいばい」と言って走って去りながら「今度ニス使わせてね」と言った。そのまま小走りで社宅の門を出ようとしたら、ちよちゃんは階段の踊り場から身を乗り出して「嫌だ」とさけんだ。

社宅からは団地の裏のフェンスの戸をあけて路地を抜けて帰る。団地の外壁は地面から1メートルくらいのところに継ぎ目があって、継ぎ目は浴槽のゴムパッキンみたいな樹脂で埋めてあった。上からはペンキが塗られていたけれど押すとぶにぶに弾力があって、ペンキがパキパキ割れる。ちよちゃんの家から帰る時、路地を歩くたびに指の腹で押してペンキを割った。

団地を囲うフェンスは薄い緑色で、この色はエメラルドグリーンと言うんだよと教えてくれたのは団地で下の階に住むせっちゃんだ。

せっちゃんの家には泊りがけで遊びに行くことがよくあった。朝起きると必ず半分ピーナツバター、半分いちごジャムを塗ったトーストを出してくれる。ダイニングいっぱいに置かれた大きなテーブルで食べた。その頃、私の家には天然食品に執心した母が買ってくる胚芽入りの薄茶色くて酸っぱくてぼろぼろした食パンしかなかったから、すべすべの切り口の白いふわふわの食パンは甘くてやわらかくておいしくて、羨ましくて悲しかった。

その頃、近所で蛇が出て騒ぎになった。団地のひとブロック向こうにあるマンションの生け垣に、蛇がからまるようにうねっている。体長が1メートルくらいあって太い。大人も子どもも集まって、どうしようどうしようと騒然とするうちにどこかへ行って、大勢が見守っていたのにどうして見失ったんだろう、誰かがぎゃっ！と叫んで、指差す方を見ると蛇が地面の配管から頭を出してにょろと出てきて騒ぎがいっそう大きくなる。

怖い物見たさで遠くからせっちゃんと見守っていたけれど、徐々に飽きてきて、もう団地に戻ろうと、せっちゃんに声をかけようとしたあたりで蛇も騒がれ疲れたか這って逃げた。

蛇の出たマンションと団地の間には大きな古い平屋の戸建ての家があって、塀の穴から私とせっちゃんはいつも庭を覗いた。暗くてじめっとして地面は苔に覆われている。団地とマンションに挟まれてあまり陽が入らないようだ。手入れは上手にされており雑草は少なくて、塀のすぐ近くに背の高い花が定期的に咲いた。1枚の白い花びらがくるっと丸まって、中心部分の黄色い突起をつつんでいる。かっこいいからあれを私の好きな花と定めようと思った。それで誰か大人にあれはなんという花かと聞き、カラーという名前を知った。

戸建ての隣には団地の住民が使うゴミ置き場がある。コンクリを打ったところに50センチくらいの低い囲いが作ってあるだけの場所で、ゴミの日はいつもしっかり生臭かった。

ある日の放課後、学校から帰ってきたせっちゃんと私はゴミ置き場のすみに紙袋が置いてあるのに気が付いた。ゴミ収集車がやってくるのは朝でもう回収は終わったあとだから他には何もない。ポリ袋ではなく紙袋なのも怪しくて、中を覗くとファミコンのカセットが2本入っている。1本は「火の鳥」で、もう1本は何らかのシューティングゲームだったがタイトルがどうしても思い出せない。

どういうことか、私たちはそれを未発売作だと理解した。誰かが遊んで不要になったものではなく未発売のものを関係者が捨て、それを偶然拾ったのだと受け取ったのだ。カセットは2本ともきれいでぴかぴかだった。箱も説明書もなかったけれど、誰かの家にある遊び込んでぼろぼろのマジックで名前が書かれたカセットとは様子が違った。大騒ぎで団地の年長の男の子の家に持っていったところ、キン消しと交換してくれるという。

大きなガラスの容器に大量に入ったキン消しのどれを持っていってもいいという話でせっちゃんは大喜びで品定めをはじめたけれど、私はもらえるならもらおうかくらいの気持ちで適当に選んだ。

私はキン消しのことを当時よく思っていなかった。消しゴムと称しながら消しゴムとして使えないことに、意識するかしないかギリギリぐらいひそかな納得のいかなさを感じて、たまに無理に文字を消しては消せずに落胆した。無理やり選んだキン消しを握りしめ、早速男の子がシューティングゲームで遊ぶのをながめた。せっちゃんが「楽しい?」と聞くと「うんまあ」みたいな返事で、私たちはそのうちいづらくなって帰った。

団地の前の小道はアスファルトの舗装がされていたけれど車は入ってこられない

ことになっていたから、子どもたちは遊び場として大いに使った。数人集まると「ゴムダン」がはじまる。裁縫用のゴムを大きな輪にして、2メートルくらい間隔をあけて向かい合って立つ2人のひざにひっかける。たるまないようにピンと張って地上から浮いた2本のゴムを、足で編むようにして踊る遊びをあたりではそう呼んでいた。ゴムダンとは、ゴムのダンスのことだ。

ゴムダンに飽きるとゴムの下を胸をそらして通り抜けるリンボーダンスをして、それにも飽きるとゴムになにかを洗濯バサミでつるしてパン食い競走みたいにくいちぎって走り去る遊びをした。

私はサンリオのキャラクターのハンギョドンが大好きで、押すとランダムに5種類くらいの音が鳴るぬいぐるみを持っていた。一度、3階の自宅の窓から下へ落としてみようと、せっちゃんとたくらんだことがあった。夕方、誰もいないアスファルトの小道に落とす。どうもならなかった。

あたりは団地、社宅、マンション、古い戸建て、新しい戸建て、いろんな住宅がモザイク状に建っていた。建物と建物のあいだにたまにブロックまるごとぼこっと雑木林の部分がある。まったく、ただのなんでもない雑木林。杉の木が高く生えた内部には駅までの道のショートカットに使っている人たちが作った獣道ができていた。遊具もベンチもないただの林を私たち子どもはもて余し、中で遊ぶようなことはほとんどなかった。

ちよちゃんやせっちゃんとよく遊んだ頃もうひとり、仲の良かったみーさんは、雑木林に面した低層のマンションに住んでいた。マンションはレンガ風の外壁で、私とせっちゃんが暮らす団地やちよちゃんが住む社宅よりもずっと洗練されている。

みーさんはスポーツ全般、とくに水泳が得意で、勉強もよくできた。気がよく持ち物や服装は上品で、全体的にがちゃがちゃしたところのない子だった。遊びに行くとイライラした雰囲気が一切ない、おっとり優しいお母さんがお菓子やジュースを出して迎えてくれる。さては、この子の家は何かが違うなと、うっすら察した。

ある日みーさんが、通っているスイミングスクールのレッスンを見学しないかと誘ってくれた。みーさんとお母さんに連れられ、温水プールの2階の見学室からみーさんの泳ぎを見守った。楽しいとか、退屈だとか、なにも思わないままの目でガラスの向こうをながめる。ただよう温水プールのあたたかさと湿っぽさでぼんやりする。

もしかしたらみーさんは勧誘の意味で声をかけてくれたのかもしれないけれど、

私は泳ぎが苦手で、泳ぎたい、泳げるようになりたいという発想もなく、だから水面と、泳ぐみーさんや人たちを本当にただ見るために見た。服を着た私と、水着のみーさんは別の世界にいるようで、なのにこうして肉眼で遠くに小さく見ていることが不思議というか、意外だった。

みーさんのお母さんは売店のフライドポテトを買って食べさせてくれた。今まで食べたどのフライドポテトよりも太くて、しっとりしてふにゃっとしていた。

みーさんはその後、誕生日に赤い自転車を買ってもらって、それは私たち同級生の憧れの的になった。チェーンを覆うようについている平たいカバーの部分に「PUMPKIN」とポップな書体がデザインされているのがよかった。パンプキン、私も乗りたいなあと、誰ともなくうすぼんやりみんなが声に出した。

親たちがちょうどそろそろうちの子にも自転車を買ってやらねばと思う頃だったのか、なんとちよちゃんもせっちゃんも、それに私も首尾よく続々とパンプキンを入手した。みんな買ってもらえた、そんなことが起きるのかと私たちは驚いた。せっちゃんちはファミコンがいくらねだっても買ってもらえず、私の家はテレビでバラエティ番組やドラマを見せてもらえず、ちよちゃんはペット禁止の社宅住まいで猫が飼えずいつも失望していた。みんなが希望しみんなで手に入れられたのは、パンプキンだけだ。

パンプキンには4色種類があって、4人そろうと見事に全色集まった。みんなで集まってあたりをこぐ。

雑木林をぬけて、大通りの向こう、イトーヨーカドーまでビックリマンチョコを買いに行った。

変だと思った俺やお母さんの目が未熟だったのかもしれない

中学生の息子が長靴がわりに防水の靴が欲しいというからネットで検索し、真白いスリッポン型のゴム靴を買った。息子は喜んで何度か履いて、履き心地は運動靴のようですばらしいがちょっと白すぎると言い出した。なるほど、履くのは雨の日で、はねた泥が付くと汚れが目立つ。

それで休みの日、以前工作に使ったゴムに塗れる黒のスプレーの余りがあるからそれで塗ってみようと、マスキングテープで謎の模様も仕込んで取り掛かったが、右側を塗り終えたところでスプレーが切れた。左を塗るのに新しいスプレーを、隣町のホームセンターに行って買ってくるという。

しばらくして息子が持ち帰ったのは安価な万年筆と「自転車置場」のプレートと、コロナ禍でひろまった、スーパーでレジに間隔をあけて人を並ばせるのに貼る立ち位置のシールだった。スプレーは売り切れていたらしい。塗りかけの靴をほっぽって、息子は丁寧に自室の床に立ち位置のシールを貼った。万年筆も、一度使ってみたかったのだと満足そうだ。

なんなんだこの人は……と内心思いつつ、このままだと雨の日がきたら困るだろうと、ネットでスプレーの一番大きなボトルを買った。

それから私は夕飯の買い物に行って、帰ると息子は万年筆で裏紙に絵や字を書いていた。朝から着ているパーカーにインク染みがぽつぽつ飛んでいる。指摘すると「ああっ!」と、どうも飛び散った瞬間から今まで気づかないでいたらしい。

息子の気に入りのパーカーは白い。

父親と街に映画を観に行ったときに見つけてねだって買ってもらったオーバーサイズのしゃれたので、先日はカレーうどんを食べるのにこのパーカーを汚さないようにとわざわざ前掛けをして食べていたのに。食べ物の汁が服に飛び散るのは経験上分かっていて気をつけたが、文房具からインクが飛ぶのは思いもよらなかったんだろう。

「ああ〜〜」と息子は頭をかかえ、それからスッと立った。「これも染めるわ」

スプレーは翌日届いた。靴は左足も真っ黒に染まった。右の足はマスキングテープで模様を入れたが、左に模様を入れるのを忘れてしまったそうで、結局両足全面黒く塗ることにしたそうだ。

パーカーも、インクの染みが付いたところを黒い四角形を描くようにマスキングし迷いなく染めていく。半日ほど乾かしたあと、マスキングテープをはがして染め上がりを広げる。眺めた。

デザインとしては、変だった。

これはどう見ても、インクの染みが付いたところを黒い四角形を描くようにマスキングし染めた白いパーカーだ。

私たちはなにも言わずに顔を見合わせ、息子は「これを引き受けいましめとし生きていく」と袖を通した。

それが1か月前の話で、以来息子は黒い雨靴と変な模様のパーカーで平気であちこち出かけていく。そのうち見なれて、むしろ格好良く見えるようにもなってきた。

「そのパーカーの柄、見慣れたね、変だと思わなくなった」と声をかけると「慣れたからそう思うんじゃなくて、最初からこれは格好良く仕上がっていたんじゃないかな」と言う。

「変だと思った俺やお母さんの目が未熟だったのかもしれない」

もしかしたらそうかもしれないと思った。

自転車置場のプレートはふざけて学校の部室の前に貼ったところ、自転車が停まるようになったそうだ。

ねこからとても遠い

ねこのことをよく知らない。

ともに暮らした経験がないのはもちろん、親族や親しい友人のどこの家にもねこはおらず、ある個体と密に接したことがない。父母からも、ねことの思い出を聞いたことがない。おそらく、ふたりともねこと生活したことがない。

それどころか、父方の祖母はねこを好かなかった。20歳をすぎたころ祖父母宅に居候して世話になったが、祖母の誕生日にねこのかたちのガラス細工を贈ってしまい、あとで祖父が「実は……」と教えてくれた。「化け猫がこわい」というのが理由だった。父にねことの思い出がないのは祖母が理由だろう。

母方はどうだろう。母の実家は魚屋だった。祖父は町会のお祭りとギャンブルに興奮し、祖母は煙草とフェラガモが好きで、夫婦ともに活気と多忙とお金を愛し情緒に興味を寄せるそぶりはほとんどなかったように思う。ねこと一緒の暮らしは似合わない。

血からして私は、ねこからとても遠い。

ねこに慣れねこを知る人は、ねことともにある人生をとても送っている。「とても送る」とはなにか文章がおかしいが、そうとしか言えない、無側から見た豊かな有がうかがえる。無だから無念だということではなくて、ただ単純に、そういうものなんだろうと思う。

息子がまだ0歳のころ、保育園まで毎日ベビーカーで送り迎えをしていた。保育園は家からまっすぐの、住宅街を抜ける細い道を行き、途中でのぼり坂があってくだり坂があって、またのぼり坂を行って15分ほどの場所にある。

いま思えば入園決定後すみやかに電動の子乗せ自転車を買うべきだったのだ。子育てをはじめてすぐの私は買い物への踏ん切りをつけるのが下手で、購買にあたる思考が間に合わず、合理化よりも根性での解決を選んでしまうところがあった。

自転車を買わないばかりか、ベビーカーですら、新しく機能性の発達したものを購入すれば楽ができたものを、おさがりの古いもので間に合わせた。融通してくれた親戚には申し訳ないのだけど旧型のベビーカーは挙動が悪く、細く小さいタイヤはあちこちの隙間にすぐ落ちたし、ハンドルに荷物をかけた状態で泣いた息子を抱き上げるとすぐに後ろにひっくり返った。

息子は出生時点で体重が4000グラム弱あったうえぐんぐん大きくなったか

ら、0歳といっても重い。くだり坂では滑り降りてしまうベビーカーを引っ張り上げるように軌道をコントロールし、のぼり坂では腰を入れて押した。

家からの道を3分の2くらい行った、のぼってくだって、最後にのぼりきったちょうどのところに、古いアパートがあった。ヒールの靴で行き来するとカンカン音がするタイプの外階段がついている、1階3部屋、2階3部屋の木造のアパートだ。屋根の赤さが経年でずいぶん劣化している。前の道はアスファルトで固めてあるのだけど、周囲は舗装されていない土の地面で、むきだしの地面にはたんぽぽが咲いて、ねこじゃらしも生えていた。

晴れた日で、もう初夏だった。息子が手を伸ばしてねこじゃらしを欲しがったから抜いて渡すと、アパートのわきからねこが出てきたのが見えた。1階のひと部屋の前に、えさやり用と思われる器がいくつか出ていたのには気づいていた。ねこがいるのだろうとは思っていたが、やはり。

息子がよろこぶだろうかとベビーカーをとめると、ねこも止まってこちらに体を向けて座る。むすこはねこの方へねこじゃらしをゆらし、でもねこはとくべつ反応することもなくただ座ってこちらを見ていた。

こういうとき、ねこから遠い日々を送ってきたから私はどうしていいかわからない。しばらくおたがいに見合って、ねこは動かず、息子もじっと見ていた。そのうちねこは胴体を地面につけて横になった。私たちは残りの3分の1の道のりを保育園に向かって歩き出した。ねこはどうも眠るようだ。

生き慣れた動じない立派なようすだったから、まだ言葉を理解しない息子に「あのひとを、ねこ先輩と呼ぼう」と提案した。息子はねこじゃらしをふって風に揺らした。

それから何度か先輩と顔を合わせた。一度は息子のベビーカーにずいぶん近づいてくれもした。

子ども乗せのついた電動自転車をやっと買って、アパートの前を通り過ぎるスピードが倍以上になってからも、先輩を見かけると私たちは声をあげて挨拶をした。

でもある日、いつものようにアパートの前を通ると、前ぶれもなくもう半壊したアパートの上に解体のための重機が斜めに乗りあげていたのだった。

あとにはかっこいいマンションが建った。周りはきれいに舗装され、土の地面はなくなった。ねこ先輩には会えずじまいだ。

家には息子の下に娘が生まれて、娘は生まれながらにすこしねこのようなところがある。かまわず気ままで、自由なようすを小さなころから持っている。

息子には目もくれなかった近所のねこが娘に興味を持ったのは、そんな娘のねこ性に気づいたからではないか。台所の窓を開けると、すぐ向こうに隣家の屋根がある。屋根の上に乗ってねこは娘をよく待っていた。

ねこ先輩が堂々としてかまわない態度だったのに対し、こちらは多少は警戒心があって好戦的なようにも見える。勇ましいから、ねこ太郎とまた勝手に名付けた。ねこ太郎がくると娘は窓辺に出ていきすこし話す。「ねんねした?」「まんまたべた?」「おかあさんは?」娘はすぐ飽きるし、太郎もそんなに長く付き合ってもらおうとははなから思っていないようで、すぐにどこかへ行く。

おそらく完全な野良猫だろうから、大雨や台風の日は心配した。そのあとで姿を現すと娘とともに私も歓迎したけれど、ねこ太郎は私にはほとんど興味がないようだ。

裏の家は謎の家だった。私たちが引っ越してきた日に挨拶をした折には家から男性が出てきて応じてくれたけれど、基本的にあまりひと気がない。古い戸建てで庭はうっそうとしており、もしかしたら誰も住まず空き家なのではと思うころ、手ぬぐいを持った業者が取り壊しの知らせにきた。

取り壊したあとしばらくして売地の札が出た。窓を開けるとむこうに何もなく、空気だけがすかすか頼りなく空間を埋める日が続いた。

1か月後くらいだろうか。買い手がついたらしく、また手ぬぐいを持った業者が新築工事の挨拶にきて、そうなってしまえばあとはよどみなくするする家が建った。できあがったのは立派な白い家だった。庭もきれいになった。

取り壊しのあと、ねこ太郎らしきねこを、一度だけ見た。近所の駐車場のブロック塀に小さな排水用の隙間があって、太郎は道路を蹴って跳ねると隙間へ器用に入って抜けていった。

ねこ先輩とねこ太郎、私はねこのことがわからないから彼らがどんなねこだったかを的確に思い出せない。白くも黒くもなく三毛でもない、どちらもとらねこにあたると思うのだけど、ねこ先輩のほうはちょっと黄色味が強かった気がする。ねこ太郎はグレーっぽかった。ねこの素養がもし私にあったら、かれらとのことをもっと高解像度に記憶できていたはずだから、ねこから遠い自分がやっぱりすこしさみしくて悔しい。

今日、買い物に出かけたら風の強い夕闇の道を暗くねこが走って行った。久しぶりにねこを見た。

せかいの恋人たち

久しぶりのデートの待ち合わせ場所は新宿から中央線で高尾方面へ走ったどこかの駅の近くにある、もしくは駅構内だったかもしれない、ダンキンドーナツだった。なぜ久しぶりだったかというと恋人はもう私に興味を失っていたからで、しかし私はそれにはまったく気づいておらずただうかれてやってきたのだ。

当時、私はだれかと恋人として関係を約束することについてまるで誤解していた。平たくいうと、恋人同士が性的な対象をその相手ひとりに限定するものだと、知らなかった。私はこのデートの数か月前、恋人以外の男性と関係して毛じらみをもらい、その毛じらみを恋人にうつしていた。

自分に毛じらみを見つけた私は恋人に電話をして知らせ、すると恋人は電話口で「あ、いる」と言った。私は安全剃刀《かみそり》を持って恋人の部屋に行き、部屋に横たわる恋人の陰毛を剃った。最初はベッドで作業しようとしたのだけど、恋人も、彼の腹に向かい屈みこむ私も、ふたりともマットレスに沈んでしまって作業は難航し、床でやろうと、恋人はベッドからおり床に寝た。

すみかである毛が一切なくなった股からあわてて腹に向かって逃げるしらみを追

いかけて、指でつぶす。おそらく恋人はおおむねの事情、私のしたことをもう分かっているだろう。そう思いながらしらみをつぶして、こういう場合、私の口からも言っておいたほうがよいものだろうかと、他の男性と関係したと伝えた。ただ淡々と事実として伝えた。恋人は黙った。圧力的に押し黙るというよりは、ただただ声が出ないように見えた。その場にいてはいけないことはさすがに分かって、私は剃刀を持って帰った。

翌日だったかもう少し時間を要したか、声を取り戻した恋人は電話をくれて、私のしたことがまず非であるという初歩的なことから、どこがどうよくないか、自分はなぜどう傷ついたか、恋人の意識下にある範囲内のすべてを詳細に切実に筋道を立て伝え教えてくれた。

私はそれまで、他の男性と関係することにより恋人関係の約束をしている相手が嫌な思いをすることが信じられなかったのだ。人というものは総じて愛され得ない、執着などされ得ないものだと思っていた。尊重や尊敬というものを見知らず見失ったままだったのだ。だから反省よりもさきにたったのは驚愕の気持ちで、電話をくれたことに感謝して深く謝った。

いつか、私が恋人の話すことについて「人それぞれだものね」と言うと、「それを言ったら話が終わっちゃうから言っちゃだめだよ」と教えてくれた。物事について考えを向こうまで及ばせることができる人だ。ギターが弾けたし、英語も上手で、視力が良くて遠くのものを上手にみつけた。

恋人は私のことをまだ好きでいるのだと思っていた。だからこそ、ばかの私に丁寧にパートナーシップについて教えてくれたのだと、むしろ私は、恋人がこれを機にもっと自分のことを好きになってくれたように感じたのだから認知があまりにもゆがんでいる。

ダンキンドーナツで向かい合わせの小さな2人席に座ってどんな話をしたのだったっけ、恋人はとても穏やかで、元気だった。はつらつとして、幸せそうだった。そうして、他に好きな人がいるのだと、その人の名前も言って、私の知っている女性だった。もう恋人としての約束をし合ったのだそうだ。どう返事をしたのか、すっかり忘れてしまって覚えていない。

ただ、(今だ)と思った。

私はゆらと席を立ち上がり自分のトレイを持って返却台まで歩いていくと、トレイを置いて小走りに店を出た。

ショックを受けると人は走り出す。

恋人関係というものをついこの間までまったくわかっていなかったし、まだその全貌をおぼろげにもつかめていないくせに、世界の恋人たちとしてのこうしたふるまいについて、なんで知っていたのだろう。マンガや恋愛小説から、都合のいい部分だけは学びとり、信じられない部分は捨て置いたのか。

恋人は、私から他の男性との関係を伝えた瞬間、股間を剃られていたから身動きがとれなかった。走り出せなかった。自分に住み着いたしらみの死体を見せつけられながら、そのまま横になっていた。

いっぽうの私はただ、ダンキンドーナツの椅子に座っていただけだから走り出せる。恋人は2人席にひとり残され、急にかけだす私の背中を多分驚いてぼんやり見ている。

それから、はっと我にかえった（のだろう）恋人は追いかけてきた。それで、謝ってくれたと思う。「ごめん」

私もあやまった。

「ごめん」

それから恋人と向かい合って、私はあなたが好きだと話した。あなたのおかげであなたを好きでいる方法が分かったとも話した。でも恋人はもう新しい相手と肉体関係も持っているのだと言って、顔は幸せそうだった。

もうだめだとは思わず、でもとりあえず今日のところはと帰る途中でヘッドホンが頭のてっぺんから半分に折れた。そのあとも一日にひとつずつ家電が壊れた。冷蔵庫と、電子レンジと、掃除機と、あと障子が破れて水道が出なくなった。

私は恋人に電話をかけ続けた。説得して、でも恋人の幸せそうな様子は声から伝わり、新しい相手の持つ持病を案じる話なども交えられ、それでも私はあきらめず、占い師にもうだめですと言われてもいやなんとかなると思い、ネットの掲示板に状況を書き込んで尼になれとアドバイスされても俗世で生きた。

徐々に痩せた。ここで痩せた分を貯金としてその後10年すこしずつ食いつぶしながら私は生きることになる。

恋人は新しい恋人と幸せで、もう私たちの間には世界の恋人たちとしての何をも起こらない。デートもけんかもお祝いも、ちょっとした虫刺されも、賞味期限がきれた菓子パンをどうするかも、読んだらつまんなかった本の感想も、近所でみつけた猫のくせも、彼岸《ひがん》にぜんぶある。世界の恋人たちはもはや彼らだった。

あきらめなかった、あきらめなかった、でもどうしようもなくって、そのうちダンキンドーナツも日本から撤退した。

劇薬としての音楽

区から無料歯科検診の受診券がとどいた。しばらく診てもらっていなかったから、こりゃ助かるわいといそいそかかりつけの歯科で予約を取り、受診にやってきた。

診察用の寝台はひとつ、補助をする助手も、事務係もいない、先生がたったひとりで全部やるのがこの病院の特徴だ。ほほの内側にたまる唾をタピオカ用のストローみたいな太さの管でズボーッと吸い取るあれも、先生が治療のあいまに器用にあやつる。

軸足を徹底的に予防に置いて、治療しなくて済むならしない、最低限必要な医療をするのがモットー。処置の手がやたらに速いのも特筆すべき点で、はずれた銀歯は作りなおさずそのまま付け直す。手抜きだととらえて離れる患者もいるようだけど、もう10年世話になって困ったことがひとつも歯に起きないのだから、私は名医だと思っている。

10年を通じ、変わらずＢＧＭは流しっぱなしのJ-WAVEだ。診察台に座って口をゆすぎ、イスが倒れて横になったところでパーソナリティたちのトークが途切れた。

「そしたらはじめますね、軽く口あけて」

目の上にはタオルが置かれ、口を開けるとあとはもうラジオを聴くくらいしかやることがない。サンボマスターの『できっこないを やらなくちゃ』がかかった。アーと口を開いてただじっと聴く。

私は音楽をあまり必要としない種類の人間らしい。若い頃は、人生は音楽で彩られるべきだとあらがったが、大人になるにつれ、とくに最近無音でも自分が困らないことがいよいよ明らかになってきた。放っておくと音楽を望むことなく平気で静かな世界をすごす。救いを音楽に求めることがない。

たまに思い出してプレイリストを作り通勤時などにかけることはあるけれど波があって、月間で1曲も聴かない月が平気である。

日ごろから音楽の好きなひとはきっと体中が音楽でぱんぱんなんじゃないか。私にはそれがなく全身すっかすかだから、たまに強い音楽にふれるとてきめんに効果があらわれる。普段酒を飲まない人が、もらった一杯ですっかり酔うようなことが音楽で起こる。

つまり、歯医者のＢＧＭのJ-WAVEでもう身もこころもみんな感動してしまう。

大人になってもたまに新たに友人ができることがあって、コロナ禍に入る直前の飲み会で知り合ったのが川田さんだ。川田さんは立ち食いそば屋で働きながら余暇にバレエを踊る若い人で、私は踊りを観るのが好きだから気が合った。

せっかく仲良くなるもすぐに緊急事態宣言が発令され会うに会えなくなってしまったが、川田さんはいまのカルチャー全般に精通しており、在宅で楽しめるコンテンツの情報をＬＩＮＥで交換するようになった。

この曲きっと好きだと思いますよと、羊文学『恋なんて』のSpotifyのリンクが送られてきたのは在宅勤務のあいまにコンビニにコーヒーを買いにちょうど出たときだった。コンビニまでの道の途中に砂利道がある。曇った日でなんだか嫌気があった。イヤホンをつけてスマホでリンクをクリックして再生しながら、サンダルのあいだに入った大きめの砂利を取り除こうと立ち止まる。砂利を除いたあと、そのまま立って聴き入った。

普段音楽に親しまないものにとって、ほとんど劇薬だったと思う。だんだん胸にせまってそれどころではなくなりコンビニに行くのはあきらめた。あんまりショックで帰って少し横になった。

20代の前半に飲み屋で働いていた頃があり、お客さんに泉谷さんという人がいた。店を辞めたあとも飲み仲間として繋がり続けたが、お互い同じころに子どもを持ってそのまま疎遠になっていた。

芝居の券が余っているから行かないかと、電話番号のショートメッセージで誘われたのは、新型コロナウイルスによる4回目の緊急事態宣言があけ、観客を満席まで入れた演劇興行が再開されてすぐのころだ。何年も会っていないうえショートメッセージでの勧誘、詐欺ではないかと疑ったが、観たいと思っていた団体の作品だったし、なかなか手に入らないチケットと聞く。のこのこ出かけると、高い背をさらにヒールで高くした変わらない泉谷さんがちゃんとロビーにいたのだった。

上演後、喫茶店に寄って内容の感想とともにお互いの近況を共有した。おしゃべりは止まらなかったが、私たちは二人ともどこかうわの空で、それはさっき観た芝居のエンディングに流れた曲が、聞き覚えがあるのに曲名が分からなかったからだ。「あれ何だっけね」「私もずっと考えてるんだけどぜんぜん思い出せない」「90年代とか00年代最初の頃の曲だってことは確かなんだけど」

判然としないまままた機会をつくってぜひ会おうと言いあい別れ、その後ももやもやと思い出せずにいると夜中に泉谷さんから「わかった」と、さっきつながったばかりのＬＩＮＥが着信した。

そうだ、Massive Attackだ。送られてきたリンクをクリックする。『Teardrop』

という曲で間違いなかった。聴いたのはまだ学生のうちだ。あの頃は、まだ、なんで私は音楽に夢中になれないのかとむやみに焦っていた。夜のバスに乗って暗い道を進む、窓の外を過ぎていく光のひとつひとつを目で追いながらダンスミュージックを聴くのが、せめてしっくりくるようだと分かって、『Teardrop』はそうやって聴いたうちの1曲だった。久しぶりに聴き、ぐっと喉の奥が締まるように黙った。はらはらして部屋を行ったり来たりして布団をかぶってその日はうなされた。

もしかしたら、激しく心を揺らされたくないばかりに音楽をわざと遠ざけているところもあるかもしれない。そこに代えがたい切実な救いや、精神的かつ肉体的な幸福と興奮があることを、これまでずいぶん分からされてきた。人生に近い芸術が音楽だ。だからこそ、私などには刺激が強いのだろう。

検診の結果、小さな虫歯が見つかった。

どうしましょうね、検診は無料ですが治療には診療費がかかります。いま治療しちゃいますか。先生の声にはっとして「はい、お願いします」とこたえる。

先生は器具を持ち替えて、それからすぐにギュイーンと鋭角な音がする機械が鋭く歯に当たった。「あ、やっぱり。ちょっと見てもらえますか」

目に乗せたタオルがどけられ手鏡を渡されるも、私はぼんやりして受け取るべき手が動かない。

「あの、これ、持ってね」

「あっ、はい、すみません」

鏡をのぞくといま削ったらしい歯の、小さな穴の中が真っ黒だった。

「いまこの黒いのをぜんぶかきだして、それで埋めちゃいますからね」

音楽が終わり、ＢＧＭはにぎやかなトークにかわっていた。10分かからず虫歯は削られ埋まって、「もうすぐにでも食べたり飲んだりしても大丈夫ですから」と先生は言う。

お礼を言って支払いをし病院を出た。『できっこないを やらなくちゃ』の歌詞の効果がまだ切れきらず、はげまされた自分がすっかり元気で笑ってしまう。アイワナビーア君の全て。

和菓子を売っていまして

住宅街を、明るい色のポロシャツを着た若者がカートを引いて歩く。まちで引き売りを見るようになったのはいつごろからだろう。

私の暮らすまちで最初に見たのは豆腐だった。

豆腐の引き売りというと、サザエさん的な世界線上の昭和の文化として、見たことのない形式的な懐かしさとしてだけ、その存在は知っていた。「トーフー」と聞こえる笛の音に、家の人たちがボウルを持って買いに走ってくるようなイメージだ。だから子どもたちを保育園に迎えに行ったあと、家までの帰り道ではじめてすれ違ったとき「あ、豆腐屋さんだ！」と「あの有名な！」という文脈で感じ取った。

実際、懐かしい雰囲気も売りにしていたんじゃないか。「トーフー」の笛もちゃんと吹いていた。

それからしばらくして、住宅街で「すみません、八百屋なんですが、いま野菜を売って歩いていまして」と声をかけられるようになった。ポロシャツを着てちいさなカートを引いている。男女は問わず、でも一様に若い。

あれは何なんだろうとネットで検索して、シンプルに「そういう商売がある」ことは知った。

野菜の他にはクリームパンと（なぜかいまのところクリームパン以外のパンはやってこない）、あと和菓子も売って歩いているのを見かける。

そのうち、街ですれ違うだけじゃなく訪問でも来るようになった。

どういうことかよくわからないのだけど、呼び鈴を押してやってくる彼らはみんな照れている。

「お忙しいところすみません、えへへ、あの、実はいま……和菓子を売っていまして」

まさかそんなふうには思わないかもしれないんですが、和菓子の訪問販売なんです、そんなの居ないですよね、でも居るんです、といった、遠慮がちな様子だ。なにかいじらしい。

うちにはたまに牛乳配達の営業も来る。

「新しいヨーグルトのサンプルをお配りしております！」という堂々とした営業態度とは、クリームパンや和菓子の人々の様子はちょっと違う。

ところで、この家のインターホンは古い。調子が悪いとうまく鳴らないことがある。

以前、宅配便の配達員さんがインターホンを押した、にもかかわらず音が鳴らずに、在宅しているのに出られなかったことがあった。

痛手だったのが町会費の回収に来た工務店のおかみさんを帰してしまったことで、おかみさんは事前に電話で来訪を予告してくれたのに同じようにインターホンが鳴らなかったのだ。

どちらも申し訳なく、また悔しかった。

インターホンのメーカーに問い合わせると、出張しての修理は可能だが、使用年数的に修理で直るかはわからない。もしかすると交換になるかもしれず、出張の際に希望の新機種を選んでいただくと作業員に持参させることも可能です、という返事だった。

へ〜と思ってメーカーのサイトを見ると、一番ベーシックなタイプと思われる機種でもうカメラがついている。インターホンの現在地は標準でカメラ付きなのか……。インターホンにカメラのついている家でいままで一度も暮らしたことがないからこれしきのことでもう驚く。

「アイホン」というメーカーの商品一覧を見る限りでは、どうもカメラのついていないものは「インターホン」に分類されないようだ。うちにある機種に近いものも

「ドアホン」のなかにあった。

あれ、「ドアホン」だったのか。

インターホンのうち、上位の機種となると監視カメラのように途切れずずっと映像を録画したり、宅配ボックスと連動したり、遠隔から施錠の有無が確認でき、鍵をかけないまま家を出てきてしまった際にスマホで施錠ができる機種まであるようだ。インターホンの仕事の幅が思わぬ働きをみせている。

これはと思わされたのが、インターホンを押した来客と、なんとスマホで通話ができる機能だ。門前に誰が来たのか、在宅せずしてスマホでわかる。しかも話せる。ちょっとまて、ちょっとまてよ。

いいの？　という機能じゃないかこれは。だってそんなの、もはや家をかばんに入れて持ち歩いてるみたいなもんだ。倫理的にオーケーなのかそれは。

製品紹介には、鍵を忘れた子どもがインターホンを押し、その通話を家の人が職場からスマホで受けて開錠するシーンが例として描かれていた。

便利がすぎる。

家にいながらにして宅配便の配達員さんや町内会費を取りに来た工務店のおかみさんを帰してしまった私がインターホン偏差値44だとすると、インターホン偏差値

75からの景色はこうも違う。

たとえば私が商談でパリに出張する。

朝の8時半、サンジェルマン大通りのカフェのテラス席でクロワッサンを食べてコーヒーを飲む。ここはサルトルやカミュが通っていた老舗だ。

プレゼンは朝いちばんの9時からで、私はちょっと緊張している。でもこれまでずっと頑張ってきたし、準備にもできる限りの時間をかけた。きっと大丈夫。

スマホが鳴って、朝に弱い上司だろう、もしかしたら寝坊したのか。海外出張だからといってはりきらない図太いところのある人だから。

「もしもし、大丈夫ですか、そろそろ先方に向かわないとですよね」

「あのう」

「はい」

「実はいま……和菓子を売っていまして……」

上司ではない。

「人気なのは、大福です」

東京の家に和菓子の人が来たのだ。

甘いものはいま、いらないんです、すみませんありがとうございますと言って切る。

　上位の価格帯のインターホンを自宅につければ、そんなことが起こり得る。これはものすごいロマンだと思った。

　その後コロナ禍を経て、若者の引き売りビジネスはぱったり見かけなくなった。彼らは今ごろどうしているだろう。なんにせよ遠慮がちになることなくはつらつと仕事ができていると良いのだけれど。

　インターホンは、結局取り換えなかった。チャイムのボタンを押しても鳴らない理由が分かったからだ。会話のあと、室内側の受話器をきちんと下ろしきらず通話中の状態になったままのとき、音が鳴らない。受話器を取った後、確実に戻す、それを徹底して、今日もこの家のインターホンはドアホンのままだ。

のどのたこ取り

都心のターミナル駅から郊外へ向かう私鉄路線の鈍行に乗って数駅、各駅停車しか停まらないけれどいまだ都心の余波の及ぶ駅前は賑わっており、商店街が駅から幹線道路へ向けて活気をもって突き抜けていく。

電車を降りて改札を抜け、商店街を買い物客の間をすり抜けるように寄り道もせずまっすぐ歩く私は18歳の短大生で、のどのたこをひどく気に病んでいた。

たこを取るため病院に、自宅から片道1時間かけて今日もきた。

のどのたこというのは声帯結節のことで、声帯がこすれあうことによってできる小さなできものだ。

よく歌手が声帯にポリープを患うことがあるがそれに似た症状で、たこがじゃまをして声帯がしっかりと閉じず、きれいな声が出ない。声帯をふるわせるために強い力をかける必要があり声がかれる。さらにかれたまま発声を続けると早々に声が出なくなる。

高校生のころ、人よりもずっと声がかれやすいのに気づいた。体育や部活、行事で誰かを応援する、音楽の時間に合唱する、放課後カラオケに行く、永遠におしゃべりをするなど、まとまった時間ある程度声を張るとわかりやすく声が出なくなってしまう。周りの友人らにはないことだったから、じわじわと、これは少しおかしいのではないかと思うようになった。

普段出る声が出ないのは不便で、そして、不便以上に悲しいのだった。自分の感情ごとなくなるような気持ちがして、いながらにして不在が命じられたようだ。声がれは大声の末路であるから状況に悲壮感がなく、誰にも心配してもらえない、ともすればむしろ茶化されるのも寂しい。

あるとき学校にナレーターの仕事をしている方がやってきて話を聞く機会があり、声がかれたらどうしますかとたずねた。

「沈黙します」

私は絶望した。声がかれているうちは、言葉を発してはいけないのだ。発せば発するほど治癒は遠のくとその方は言った。「とにかく黙ること、それしかありません」

本当にそれしか方法はないのか。もっと積極的に治療する方法があってもいいはずだ。当時一般的になりはじめたネットで情報をあさって知ったのが、その筋では名医と呼ばれプロの歌手も通う病院だった。高校を卒業し、アルバイトでためたお金で通院を決めた。

名医は商店街と幹線道路がぶつかる角の雑居ビルの2階、小さな病院にいた。おじいさんの先生は私の喉を見るなりすぐに声帯に結節、たこがあると診断した。

おそらく長いアレルギー性鼻炎が原因で、あなたは耳の聞こえが通常よりもほんの軽微に良くないと、小さい声では自分の耳に聞こえないから日常的に大きな声でしゃべるくせがあって、のどに負担をかけ続けている。日頃から大きな声を出しているうちは治らないと先生に言われた。

驚いた。たしかに私は声が大きいとよくからかわれる。5人のきょうだいが好き勝手に発言するうるさい家で育ったとか、大雑把な性格だからとか、声の大きさは生育や性格が影響してのことだと思っていたが違ったのだ。

なるほどと開眼し、できるだけ努力して声をおさえて生活するようにした。

病院は大人気だった。患者たちは私と同じように声に困って通う人ばかりのようだ。ぎゅうぎゅうの待合室でしばらくぼんやりしていると、そのうち名前が呼ばれて診察室に入る。それでもなおまだ壁沿いに並べられた丸椅子で待つ人々がいて、並ぶ。

先生に次の方と呼ばれて診療台に乗ると、喉の様子の診察が行われ、良くなってるとか、もう少しだとか所見を聞き、数枚、スコープに映る声帯の写真を撮る。それが終わると診察台の奥に移動して寝台に横になる。看護師さんがニンニク注射を打って診察の一式が終わる。

ニンニク注射は、たまに美容の文脈で名前を聞くことがあるけれど、当時はとにかく声帯結節に効くからと、それで通うたびにすすめられるまま打った。ニンニク注射専任の看護師さんがいて、腕に刺された注射針からぐっぐっぐと注入が終わるとしばらくして、口のなかがニンニクくさくなる。

診察後は3000円だかの支払いと一緒にビタミンCの錠剤が処方された。同時に撮影した声帯の写真が1枚もらえる。

いつか私がちょうど診察台で口を開けて喉の写真を撮影してもらっているとき、診察室のドアがあいて私でも名前を知っている俳優が「先生、ありがとうございました」と頭を下げて帰っていったことがあった。

「彼いまミュージカルやってるでしょう。それで来たんだ」患者たちに次々ブレないルーチン診察を繰り返す先生だったけれど、このときだけはルーチンの軌道を外れて得意そうに笑った。

大きな声を出さないように気をつけて、定期的に通院は続けて、それでもたこの大きさは一進一退だった。

切実に声がれを治したいと願っての通院だったけれど、あれは同時に若者がする「自分探し」のうちのひとつだったように思う。

自分を積極的な行動により改変する、自己啓発的なモチベーションがこの通院にはあった。短大生になったのだ、私は自分をなんとかするのだと、新しい希望をつかむため、バイト代を治療費にあてることに達成感があった。

とにかくのどをよくしたかった。痩せればなんとかなる、美しくなればなんとかなる、恋人ができればなんとかなる、何かしらの条件をクリアすることで日々が急激に輝くと、願いにすがることがある。私はあの頃、のどさえ良くなれば、そう思っていた。

小さな開業医院に通うより大病院にかかったほうがもっと早く治癒するのではと、乗ったことのない路線のバスに乗り大通りを走って大学病院の声帯専門の耳鼻科をたずねたこともあった。

待合室では、喉をふるわせる機械で会話する声帯を手術したらしい患者さんたちを何人も見かけた。自分が軽症であることに恐縮して緊張し、診察室でつい妙におどけてしまった。診察内容も所見も雑居ビルの病院とほぼ変わらず、大きな声を出さずに静かに暮らしなさいと威厳を感じさせる大柄な先生に言われた。「わっかりました〜」と明るく大きな声で返事をして、先生をとりまく5人くらいの研修医らしき白衣の人たちを笑わせただけで帰ってきた。

のどに負荷をかけない発声があるのではないかと、同じ時期にボイストレーニングにも行った。地下鉄の終点の駅、地上に出ると駅前は大きな通りで、通りに面して細く高く立つビルの上の階にスタジオがあった。あっちに行きこっちに行き、それまで聞いたことのなかった駅に巡り合わせのように降り立つこと自体にも治癒の可能性があるように思えた。

トレーニングは私を入れて4名ほどの生徒を、おじさんの講師がグランドピアノを弾きながら指導するクラスだった。体を動かし、それに合わせて歌うときれいな声が出ますというのがここでの基本的な教えで、テニスボールを持って投げるふりをして投げずに「ポーン」と声を出す、そういう訓練をした。

私はクラスの中でもとくべつ喉がふるえずだみ声で、先生も、常連だというほかの生徒のみんなも、仕方ない人として私を見ていたようだった。ただ一度、右手をふりかぶる動きとリンクしてはっとするほどクリアな声が出たことがあったのだ。

「ポーン」

先生の目が見開いて、クラスメイトの一人が「あっ」と言ったのを覚えている。古賀さん、出ましたよ！　古賀さん、今のです！　声帯がたこを押さえつけて閉じたのだ。

うれしかったし、これで何とかなるかもしれないとも思ったけれど、まさかボイストレーニング自体で声がかれてしまい、申し訳なさから足が向かなくなった。名医の病院にはその後も通い続けた。2年は行ったんじゃないか。診察内容はまったく変わらず、待合室は春も夏も秋も冬も同じくらい混んだ。

短大を卒業し社会に出て小さな印刷会社に試用社員として入ったところで、通院する時間が取れなくなってふっと、行かなくなった。

通院ができなくなって困ったとか、残念だとか、そういう意思があった覚えはない。

気持ちはいつもなにかひとつに執拗にからみつく。のどのたこを取るべきであるという焦りは、このままこの会社で働き続けていけるものだろうかという不安に移動した。時間が取れず物理的に通院できなくなるのと同時に、のどはもういいと、手放した。

声帯結節の完治しないままののどと暮らすうちに、でも、声はかれにくくなった。

歌ったり騒いだり、大声を出す頻度が減り、のどもやすみやすみ働けるようになったんだろう。

たこは消えただろうか。あれから声帯の写真を撮影したことは一度もない。たまにたくさんおしゃべりをした日の終わり、すこし声がかすれてぎょっとすることはあるから、もしかしたら小さくなりながらもたこはまだのどにあるかもしれない。

札束ほどに重なった声帯の写真は通院をやめたあともしばらく保管していた。部屋の片づけをしたり、引っ越しをしたりするたびに出てきては眺めた。写真をめくると、たこは大きくなったり、少し小さくなったりをずっと繰り返していた。束ごといつかなくなってしまってもう手元にはない。きっと捨てたんだろう。

ぎらぎら光るピンクの声帯が性器みたいだと気づいて急にはずかしくなった瞬間のことを覚えている。

まさか世界がひとつとは

妹に連れられて、姪は小学校に上がる年の頃に私が暮らす街の近くに越してきた。ゲームとマンガが好きで、絵がうまい。いつもにこにこして落ち着いた様子ながらひょうきんなところもあり、学校でこんな子と友達になれたら楽しいだろうなと思わせる。昨年中学に上がってからはそれなりにちゃんと勉強をして授業で困るようなことはないそうだ。卓球部では仲の良い友達とダブルスを組んで大会で入賞する成績をおさめたと聞いた。生きる力加減をうまくやる器用な人だ。

彼女は私にとってリスペクトの対象でもある。テトリスが、ものすごくうまい。

今年の夏、私はニンテンドースイッチオンラインというサブスクリプションサービスに入った。もともと息子にねだられて購入したニンテンドースイッチは息子が遊ぶだけのものだった。娘はゲームに興味がなく、私も最新のゲーム機は操作ボタンが多すぎてなにがなんだかわからない。なのだけど、定額サービスに入ることで、古いファミコンやゲームボーイのタイトルが遊べると知ったのだ。

かつて母の実家は、孫たちが来たときに遊べるようにテレビに常時ファミコンが接続されていた。そこにあったのが「ワリオの森」という落ちもののパズルゲームだった。行くたびに遊んでやり込んだことを思い出し、調べてみるとサブスクで遊べるタイトルに入っている。料金も思ったより高くはなく、思い切って年間分を払って加入した。

メンバーになると古いゲームが遊べるほかにもあれこれとできることがあって、そのひとつに「テトリス99」というのがある。99のアカウントでテトリスで競い合うゲームらしい。

オンラインで生身の見知らぬ人間とゲームをすることは、ゲームに親しまない者としてはなかなかおそろしい。スマホアプリの麻雀ゲームも永遠にCOM戦のみで遊んでいた私だ。テトリスは大好きだけれど私には無関係だと思っていたが、姪から、99人いれば弱くても目立たないし、作戦もいろいろ立てられるから楽しいよとすすめられた。

どういうことか彼女はこの世界で異様な才能を発揮し、戦えば戦うだけ優秀な成績を残しているという。99人中1位になることもたびたびで、妹が言うにはとにかく判断と手さばきが速いとのこと。姪が活躍する世界を、私もみてみたくなった。

おそるおそるはじめてみると、姪の言うとおり人数が多いだけに弱いことで誰かを困らせることがない。すぐにすっかりはまってしまった。下手な負け方をするたびに姪にＬＩＮＥで相談し、具体的なアドバイスをもらった。修練を積んでそれなりに戦えるようになった。

姪はひょうひょうとして危なげない、安心して見守っていられる人であり、テトリスの師でもある。


近所にＯさんという、40代の私よりもひとまわりほど年上と思われる男性がいる。私が暮らすのは東京の都心に近い私鉄沿線に広がる住宅街で、引っ越してきて分かったが、このあたりは案外、何代も続けて古くから住んでいる一族が多い。

Ｏさんの家も長く地域の商店街で商売をしている。が、私がＯさんを見知った理由は商売ではない。地域活動だ。Ｏさんは町内会や青年会、消防団といった街の組織のひとつひとつぜんぶに、積極的にかかわっている。

引っ越してきてすぐの頃は近所の神社や小学校、市民会館などで催されるお祭りに行くと目立つ男性がいるなという印象だった。Ｏさんは控えめな様子ではあるが、体が大きく、声も張りがあっていつもはつらつとしている。

名前を知ったのは、息子が小学校に上がったタイミングだった。入学式に来賓としてやってきており、町内会長として紹介があったのだ。小さな新1年生たちが先生についてちょこちょこと入ってくると、Oさんは身を乗り出さんばかりにして大きな拍手を送りながら、ときに子どもに手を振ってなごませた。

それからはOさんの姿をこれまで以上に見るようになった。小学校の行事に来賓として登場するのはもちろん、放課後の校庭開放を手伝ったり、子どもたちが宿泊行事に出かけるとなれば朝やってきて保護者と一緒にバスを見送る。自身の子どもたちはとうに小学校を卒業し、もう社会人なのに、だ。これほど熱心に地域に関われるというのはすごい。お子さんが現役の児童だったころは当然PTAの会長も続投に次ぐ続投で務めあげたと聞いた。

いよいよ驚いたのは、娘が参加した5年生の学年行事である臨海学校にOさんが引率として帯同したことだった。どこまで地域にコミットしたらこんなに学校に入り込めるのか。ありがたく安心なことだが、もはや笑ってしまった。

その後、娘が地域の中学校に上がると、入学式には当然Oさんの姿があった。

こちらからは一方的にその存在を知る、地元の名物おじさんがOさんだったが、あるときPTA活動の一環で緑道の花壇づくりに参加した際の打ち上げにOさんがやってきた。Oさんはひとりひとりに丁寧に挨拶をする。驚くことに、ああ、だれだれさんのお母さんですか、こちらはだれだれちゃんのお父さんですね、と、子どもをほとんど知っている。私の子どもたちのこともよくご存じで、突然、一方通行だった認知が、双方向になった。打ち上げの最後には参加者同士のFacebookアカウントの交換も行われ、ぜひぜひと私もOさんと繋がる。

以来、Oさんの活発な町内での活動はFacebookでも知るところとなった。見ればば思った以上の活躍ぶりだ。私などは面倒だろうとできるかぎり避けてしまう地域のコミュニティづくりに関する会議に立て続けに出席し、こういう生き方もあるのだなと思わされる。本業が地元での商売であることを考えると合理的なのかもしれないが、それにしても献身的だ。

ある休日の朝、姪が自宅にやってきた。上下のジャージの下に、あかるい水色のポロシャツを着ている。卓球部のユニフォームだそうだ。これから、娘が通う中学校で卓球の練習試合があるという。姪の中学は自治体が違うからこういった交流はこれまでは無かったが、顧問の先生同士につながりがあり実現したらしい。

姪は娘に「学校の場所を教えて」と頼みに来たのだった。まだ部屋着のままだった娘は急いで着替えて二人で出かけていく。

Oさんの Facebookの投稿に、顔の部分をステッカーで隠した、身内でないと判別ができないだろう小さく小さく写った水色のポロシャツの姪の姿を見つけたのは翌日のことだった。
Oさんは、中学で長らく卓球部のコーチを引き受けているのだ。

普段から電車を使っていると、たまに車に乗ってあちこち走ったとき、街と街、道と道がひと続きであることに驚く。普段は駅単位で把握している街が、地球として同じ平面にあることが急に現実として判る。

人もそうだ。ある人と私の関係があって、またある人と私の関係があって、個別に世界があると思っているから、姪がOさんに卓球を教わる可能性などまさか考えつかなかった。

こんなことで急に世界がひとつと知る、つながってどんどん拡張する。

8 人、いまこの瞬間

小学1年生のころ、4か月入院した。

1年生の国語の教科書にはもうずっと『おおきなかぶ』が載っていると思うのだけど、私は習った覚えがない。そのあたりの単元を学ぶころをまるまる、病院で過ごした。特発性血小板減少性紫斑病という血液のなかの血小板が少なくなる病気に、なんだかよくわからないのだけどかかってしまったのだ。

血小板というのは出血を防いで止血する役目の血液成分で、血中に足りないと血が出たときに止まらなくなる。内出血もしやすく、なにかに強く体をおしつけるとそこがすぐ青くあざになった。

幼少のころのことだから、どういう経緯で入院に至ったかは早い段階で記憶が消えて振りかえれなくなった。「思い出そうとするのだけどうまく思い出せない」ことの方をよく覚えているほどだ。

鼻血が出て母のひざの上に頭をのせて横になるのだけれどなかなか止まらない記憶と、友達とバドミントンをしていたところかかとを切って、ばんそうこうを貼ったのに血があふれ出てしまう、ふたつの記憶がある。

おそらくどちらかが発病を知るきっかけになったはずで、でもどうして2種類のエピソードがあるのかがもはやよくわからない。

1学期のはじめのうちにもう入院になって、夏休みは病院ですごした。それなりの大病ということか、最初のうちは個室に入った。

勉強が遅れることを心配した母がノートに足し算の問題を書いてくれて、それを解くのが楽しみだった。だけどある日、新品のゴロピカドンという雷さまのキャラクターのノートを母が勝手に使ったことに怒って私は泣いて、なぐさめられても反発していよいよ泣きわめき、看護師さんやお医者さんが容体が急変したときみたいに病室に集まった。

手足をベッドにぶつけるとあざになるから、ベッドは全部タオルでやわらかく覆ってあった。せっかくまわりのものをみんなふわふわにさせているのに強く泣いたから顔やうでに内出血のあとができた。

しばらくして病状が少しましになったのと、ベッドが空いたのもあって大部屋に移った。8台のベッドが右と左に並んだ、女の子どもが集まった部屋だった。小学生と、あと中学生もいた。あざのできやすい症状は改善して、ベッドはほかの部屋の子たちと同じ、タオルの巻かれない普通のベッドになった。

同室の子どものことは名前はもちろんひとりの面影も覚えていない。だけどうっすら、ちょっとしたエピソードの記憶がとぎれとぎれにある。

入室早々「おまえのことはバカと呼ぶ」と言った子がいた。小学1年生の私は部屋でいちばんの年下で、軽んじてよしとされる立場だったのだと思う。

さすがに「バカ」はどうかと話があったのかなかったのか、その後あだ名は「チックタック」と修正された。退院まで「チックタック」のフルネームか「チック」か「タック」かチックタックといえば時計だから「時計」と呼ばれた。由来はなんだったのか。何か変わった時計でも持っていたんだろうか。忘れてしまった。

年長で、入院歴も私より長い子たちは看護師さんととても仲が良くて、夜はみんなで集まってよくおしゃべりをしていた。

私は年少者だから早く寝るように言われて素直に寝ていたのだけど、ある日寝つけず静かに目を閉じて寝たふりをしながら彼らの話を聞いたことがあった。誰かが、チックタックの足のあいだにぬいぐるみを置いてみようといって私のベッドに近づいた。私は当時、誕生日に祖母がくれたファンファンという名前のクマのぬいぐるみを可愛がっていて病室にもつれてきていた。枕元のぬいぐるみが持ち上げられ、足のあいだに置かれそうになったから、目をつむったまま足を閉じぎゅっとはさんだらみんな笑った。

小学校の先生がクラスメイトを数人連れてきてくれた日があった。恥ずかしくて最初はベッドで縮こまっていたのだけど、部屋の誰かがクラスメイトに話しかけてくれて、それで気持ちがほどけて私も来客の顔をやっと見ることができた。

クラスメイトは千羽に届かない数の折り鶴をつなげてつるしたものと、学校を休む直前に流行の兆しをみせていたビーズ細工が、今や教室で大流行しているのだと、作ったトンボの形のをくれた。

帰っていく、廊下を歩くみんなの後ろ姿を、私は大部屋の出入り口に垂れるようにべったり座って見送った。「また来てね」と背中に声をかけた。

父母も祖父母たちもみんな私を気の毒がった。母方の祖母は贅沢が好きで豪快でノールールな人だったから、私が食べたいときに食べたいものを食べられるようにとプリンやらゼリーやらを持ち込んでベッドの下のクーラーボックスにため込んだ。祖母のいないときに巡回の看護師さんが「最近はクーラーボックスなんかを置く患者さんもいて、栄養はこちらで管理しているのに困るんです」と大きな声でこちらに聞こえるように言って、付き添ってくれていた母がさすがにその日のうちに持って帰った。私はプリンもゼリーも、ほかの部屋の子たちが食べていないものを私だけ食べてもおいしくはないと思っていた。だからちょっとほっとした。

部屋の子どもたちの病気はさまざまのようだった。枕元にタマゴのイラストの札のかかっている子はトイレ以外は立ち歩き禁止、ヒヨコの子は病室のあるフロアだったら歩いてもよく、ニワトリの子ならたまにお昼に看護師さんたちと屋上に行けた。「遠足」と呼んで、ニワトリの札の子たちはみんな楽しみにしていた。私は大部屋に移ってから退院するまでずっとヒヨコの札だった。

退院の日のことは覚えていない。ニワトリの札に変わる前だったことは確かで、だから屋上の遠足には行けなかった。

退院後は順調に回復した。たまに鼻血が出るとぞっとしたけれど、止まらず困ることはもうなかった。

病院は自宅から電車と徒歩で1時間ほどかけてたどり着く田んぼのど真ん中に大きく建つ総合病院で、自宅と病院の距離のそれなりの遠さは退院後に数回通った検査ではじめて知った。

あるとき、父母の都合が悪かったのか父方の祖母が検査についてきてくれた。採血と診察を終えたあと、待合の広いフロアで長椅子に座っていつものように調剤を待ったのだけど、いくら経っても完了のアナウンスがない。祖母は売店でカップに紙の蓋《ふた》のついたオレンジ味のシャーベットを買ってくれた。木のスプーンですくって、穴のあいたところを均《なら》しながらゆっくり味わって、それでもまだ呼ばれなかった。状況をたずねに案内のカウンターへ行って戻ってきた祖母に「もう薬、いらなくなったんだって」と言われて、病院通いはそれきりになった。

オレンジのシャーベットは独特のテクスチャのやつ。メロンの形の容器に入ったメロンボールというのが今もあるけれど、あれと同じタイプのだったから、メロンボールを見ると病院のことを思い出す。

あのころ、私はなにも考えていなかった。病気が不安だとか、入院が嫌だとか、早く退院したいとか、学校の勉強が遅れて困るとか、そういったネガティブな感情をひとつも覚えていない。子どもならではの無責任さと鈍感さはもちろん、大人たちが不安をひとつずつ丁寧に全部取り除いてくれたからだろう。

つらくも哀しくもないただ淡々と療養しただけの思い出にインパクトはなく、だから大部屋の同室の、あの子どもたちが全員入院するほどの病人だったのだと、衝撃をもってもう一度ちゃんと気づいたのはすっかり大人になってからだ。

大きな病院の前を通るとき、メロンボールを見かけたとき、今もクローゼットの奥に座るクマのぬいぐるみのファンファンと目が合ったとき、あの大部屋の子たちが全員生きていますように、私は無事ですと念じる。

病気は仕方ないものだから、もしかしたら難しい願いかもしれない。でもどうしても祈る。8人、いまこの瞬間、息をしていますように。

これほど恋らしい2000円

クレジットカードのポイント残高が突然、身に覚えなく2000ポイント増えた。それほど使っていないカードで、これまであまりポイントに注意をはらってこなかったのだけど、カードを家計簿アプリに連携させていたおかげで気がついた。大きな買い物などしていないのになぜと不審に思い、カード会社のマイページを確認したところ、ランダムにユーザーにポイントを付与するキャンペーンがありそれで付いたらしい。

2000ポイントというと2000円だ。

無作為に人を選び突然2000円渡す。こう書くと雑すぎる善行で、むしろ秩序を乱す無法な行いに見える。どういうことなんだ。こわい。

身構えるが、指定のレストラン予約サービスでのみ使える限定的なポイントであることが、キャンペーンのページを読み判明した。つまりサービスを試用してみてほしいと、そういう施策なんだろう。純粋に2000円くれたわけではない、向こうにもそれなりの目論見があるのならば安心だ。有効期限は1か月だそうで、それほど長くないのもただくれたわけではない営業の意図が伝わる。向こうは向こうで手ぐすねを引いてこちらがサービスの良さに気づくのを待っているわけだ。

すると今度はそんな目論見にまんまとつられてなるものか、そう思ってしまうわけだが、そこで効果を発揮するのが2000円という絶妙な金額なのだった。

300円だったらほっぽる額だ。1000円でまんざらでもない顔になる。1500円までくるとそう言うならと腰が浮き、さらにもうひと声の2000円、さすがにいよいよ立ち上がった。ポイントの付与運営チームにも長くこの業界でしのぎをけずって培った塩梅《あんばい》の勘というのがあるんだろう。2000円、動かざるを得ない。

ネットから提携しているレストランを予約すると会計時にポイント分が差し引かれる、というのが使い方のようだ。調べると近隣にも何店か契約店があり、たまにテイクアウトをお願いするインド料理の店で使えることがわかった。

よし、ここで2000円、使わせてもらおうじゃないか。有効期限は1か月。切らしてはならない。

しかし、ではさっそく今晩にでも行けばいいというものでもないのだ。

予約は前日までに入れないといけないシステムだった。毎週生協から届く肉野菜をまずは食べねばとか、娘の通塾や息子の部活の日は帰りが遅く難しいとか、前日までに調整をつけるのが面倒で結局ずるずる先延ばしになっていった。

面倒がりながらも焦りはつのる。もはや2000円割引になるのが得というより、期限を切らしチャンスを逸したら大損だとの思いの方が強くなっているのだから、人間の脳は悲しい。

さらに日々はすぎていき、いよいよという時期になり、店で食べるのではなくて、いつものようにテイクアウトでもいいなら家のメンバー3人がそろわない日にも使えて楽だと思いついた。

電話で聞いてみると、予約時に備考欄にテイクアウトとの希望を書いておけばポイントを反映させられるという。なんだ、それでいいんだと、すぐに明晩の指定でテイクアウトの予約を入れた。有効期限が残り3日にせまった日だった。

翌日、依頼の時間に取りに行くと店は空いていた。私のひとり前のお客もテイクアウトの会計をしているようだ。

出前の配達らしい店員さんが保温のバッグを持って出かけていき、すると今度はウーバーの配達員と名乗る人がやってきて紙袋を受け取って足早に去っていく。

新型コロナウイルスの流行以来テイクアウトが定番化し、特に平日の晩はイートインよりテイクアウトのお客のほうが多いのかもしれないなどと思いつつ予約の旨を伝えると、店員さんは不明の顔をした。

スマホの予約完了画面を見せても判然とせず、奥にいる店員さんを呼んで2人がかりで確認してくれるが、どうもテイクアウトとしての予約が伝わり切っていないらしい。

そもそも、テイクアウト以前に予約というもの自体を店員さんたちは把握していない様子だ。

店員さんは申し訳なさそうに「もしよかったらいま注文いただければ、お持ち帰りで作ります」とのことで、あらためてチキンカレーとナンのセットをみっつお願いして通されたテーブル席に座って待つことにした。

店の奥には大きなモニターがあり、サッカーの試合を放送している。さっき出て行った出前の店員さんがもう帰ってきて、テレビの音量を上げた。選手たちのうごきをゲームを理解しないまま目で追う。

しばらくしてはっと「このオーダーに、ポイントは適用されるのか」と、店員さんたちのあの様子だと難しいのではないかとネガティブにひらめいた。

もしかして、ふつうに来店したお客としてテイクアウトを注文しただけになっていないか私は。

調理場では絶えず忙しそうに数人の調理師の方々が作業をしており、ポイントの確認をとって無理とわかったところでこのタイミングでキャンセルが可能か、ちょっともう聞きづらい。

どっちみち食べるのだから正価を払うのもまったくやぶさかではないはずで、なのだけど、これはそういう話ではないんだ。じんわり汗が出る。

果たして、カウンターで持ち帰りの紙袋をはさんだ向こうに立った店員さんがレジに打ち込んだ会計は正価であった。

あのう、予約をしたときのポイントが使えないでしょうか。伝えるも、案の定「?」という様子。

こういう予約をして、ポイントが使えるらしいんです、さっきも見せた画面でしつこいが、スマホで予約の完了画面を見てもらう。

「いま店長がいなくて、ちょっと誰も分からなくて」と店員さん。さきほどに続きさらに申し訳なさそうな様子で、悔しいがこれはもう仕方がないかもしれない。覚悟していたこともあってしゅっとすんなりあきらめがついた。

すると店員さんはなぐさめるように「あと10分くらいで店長さんが来ます、そうすればわかるかもしれないです」と言うのだ。一転、光明！　のはずなのだけど、前の一瞬ですでにあきらめがついたところだったからか、「いえいえ、大丈夫です」と口からつい、出た。

2000円を手放した。有効期限はあと3日、このあと明日以降また別の店で巻き返せるだろうか。

あからさまにしょんぼりした私を見て気の毒に思ったのかもしれない。「いま店長さんに電話してみますね」と店員さんはレジの横の電話の受話器を取って電話をかけはじめた。

電話はすぐに店長らしき相手につながったようだった。外国の言葉で話している。そうして電話を切って何かを探しだした。

FAX付きの電話と壁の間には紙が1枚はさまっており、それを引っ張り出した店員さんの顔がぱっと明るくなった。にこにこして紙をこちらに差し出す。紙は、小さな小さな文字でFAXならではのあのいびつな様子で打ち出された、私の入れた予約の明細だった。

「古賀さまですか!?」「はい! はい! 古賀です!」「ポイント、2000ポイントで合ってますか」「そうです! 2000ポイントです!」

「ああ! やっとわかりました」と店員さんはレジを操作した。表示された金額が

2000円分、減った。

「わかってなくて、ごめんなさい」「いえいえ、ありがとうございます！」

帰ると娘も息子もいた。全員そろうなら、イートインでもよかったかもしれない、それでも店員さんには予約のこと自体が伝わっていなかったわけで……などまた考える。

私はほぼ1か月間、2000ポイントのことを思い続けた。ずっと心のひっかかりとしてあって、仕事に熱中するとふっと忘れるけれど、緊張がとけるとまた思い出す。心の動きのぜんぶがポイントとともにあった。

疑念の出会い、受け入れることの決意、行く先の見えなさ。ときめき続けて、一度は悲しさを振り切りあきらめもした。システムを超え感情をベースにした駆け引きもあった。

何かを恋に例えることは多い。けれどこれほど恋らしいことは最近ほかになかったように思うのだ。

カレーもナンも、とてもおいしかった。

シングルレバー混合栓

台所の蛇口から出る水が、蛇口を強く締めてもすぐに止まらない。数秒、ダダダと漏れる。

突然のことだった。さっきまでそんなことなかったのに、急にダダダは始まった。計量カップで測ると毎回80ミリリットルくらいダダダしている。

蛇口はこの家に引っ越してきたころからのもので、おそらく建てたときに取り付けたままだと思われる。レバー付きで、ひとつの蛇口からお湯と水をどちらも流せる、シングルレバー混合栓と呼ばれる機器だ。一般的にはレバーを上げると水が出るけれど、うちのは下げると水が出る。業界内で統一があり、2000年4月以降に発売した機種は、どのメーカーの商品もレバーを上げたときに水が出る仕様だというから、少なくとも2000年の4月より前から使われていたということになる。

そもそもこの蛇口は我々が引っ越してきた当初から暴れ馬で、レバーをぐっと下げると勢いよく130度くらいの広角で水が飛び散り服がびちゃびちゃになる。優しい力で、カメラのシャッターだとしたら半押しくらいの力量で下げねばならない。あんまりびしゃびしゃになるものだから取り換えも考えたのだけど、そのうち慣れてレバーをゆるやかな力で優しく下げることが、できるようになってしまった。暴れ馬に乗りこなせるようになったのだ。来客があると誰もがびちゃびちゃになって帰っていき申し訳ない思いはしたが、たまのことなのでそのままになっていた。

それがいま、いよいよ取り換えのときだ。ついに来た。

交換は業者に頼むことも考えたが、出張費用はそれなりにかかる。丁寧な取り換え指南の動画を見つけ、よしこれでなんとか自力でやってみようと腹をくくった。

くくった腹の荒縄を撫でてしかし、これまでの人生を振り返って類似事例に当ってみれば、間違いなく思い通りにはいかないだろう。動画を見ておぼろげにつかんだ「できるんじゃないか」とこれまでの人生経験による「うまくはいかないだろう」が胸に往来する。

実はその頃、ダダダの80ミリリットルは、シンクに置いた計量カップで受け止める仕組みが家族の中に確立していた。私たちはまたしても暴れ馬を乗りこなしてしまいそうになっている。まごまごしているとまた慣れてそのままになる。退路をふさぐべく、まずはネットで混合栓を検索しいちばん安いのを買った。この買い物で合っているのか、そこからして自信がない。

届いた箱が小さかったのには笑った。ずっしりと重いが、両手にちょこんと乗るくらいのサイズしかない。「やっぱりだめだった！」がはじまるのが早すぎる。

半笑いで開封すると、むかしの携帯電話の箱のように入り組んだ複雑な梱包に、しかし間違いなく正しくうちの蛇口としてはまるだろうものがパズルみたいに詰まっていたのだった。取り出すと荷物はちゃんと混合栓だった。いちいち、ひやひやする。

ありがたかったのは、取り出した混合栓がもとどおりダンボールに詰められなかったことだ。きれいに梱包してしまうとうっかり放ったらかしてしまう、本格的に放り出すと半年くらい手つかずになることだって考えられるが、こうしてもう目の前にばらばらに広がっているのだから取り付けるしかない。

勢いをつけ、次の週末の朝から取り換え作業をすることにした。

元栓を閉め、まずは古い暴れ馬の蛇口を取り外す。用意したレンチが小さかった。用意したレンチが、小さい……？　慣れない作業の難は思わぬ角度からやってくる。正しい蛇口は届いた。第一関門をクリアして、もういける！　と思ったところ、第二関門がもう開いてくれない。

あまりに私がうまくいかなさをおそれているものだから、もしかしたらこれは「おそれすぎて逆にうまくいってしまうパターン」なんじゃないか？　と一瞬思った、その瞬間の油断がいけなかった。

作業は「うまくいかない神」がつかさどっている。うまくいかなさを信奉し畏れ続けなければうまくいかせてもらえない。少しでも、うまくいくかもしれないなと思うと神のいかりにふれる。

翌週、普段は山で茶摘みをしたり蛇を狩るなどして暮らす子どもたちの父親が下山して東京に来ることになっており、話すと田舎暮らしはＤＩＹの必要に迫られることが多いから工具だったら豊富にあるという。頼んでひとつレンチを持ってきてもらうことにした。

翌週、もたらされたレンチは小さかった。

父と私と、取り換えをやるなら俺も手伝いたいと乗り気の息子、３人で笑う。家にあるのが小さいから頼んで持ってきてもらったものが、また小さい。

いやでもここで取り換えてしまわないとと、父と息子が２人で新しい工具を買いに行ってくれ、２人が戻ってきたので作業は任せて掃除をしていると、買ってきたレンチがなんとまだ小さいのだと息子が笑いながらやってきた。

逆に、蛇口のナット、どんだけ大きいというのだ。

息子は笑ったその口のまま、近所に暮らす仲良しのおじいさんの家にレンチを借りに行った。小学1年生のころの夏休みの旅行時に、育てていた朝顔の水やりをこのおじいさんに頼んだことがある。息子が近隣のひととして友情を感じ頼りにしている優しいひとだ。

しばらくして息子が、ここまでで出てきたどのレンチよりも小さいレンチをかかげて持って帰ってきて「おじいちゃんちのやつ、一番ちいせ〜」と見せてくれた。こりゃちいせえなまた。出してもらったレンチがあまりにも小さいものだから、むしろ借りてきたそうだ。よくお礼を言ってよねと息子をおじいさん宅に戻らせた。

父は肩を落とし、山に帰ったら村で一番でかいレンチを送ると山に戻った。

しばらくして、段ボールに折り菜、わさび菜、わけぎ、ねぎに包まれて、それはそれはでかいレンチが届いた。赤茶けて重く、様相はほぼ武器だ。振り回せば確実に人が死ぬ。息子が「これほどのものが必要なのが蛇口の交換なのだな」とあらためてこれから行う工事の重大さに襟を正すようにレンチをかかげる。

古い蛇口にあてがうと、かくしてナットは動いた。

その後も動画通りにはいかないところが多々あって、2度最初からやり直し、けれどレンチがなくどうにもならないほどのアクシデントにはもうみまわれず、ぴかぴかの新しい蛇口が付いた。

息子が元栓を開けに行った。

「あけたよ～」声がする。

見守る蛇口からは待てども水が出ず、うわっ、やっぱりうまくいかない、どこかでなにか間違えたかと、レバーを上げたらドーッと一気に水が出た。

今度の蛇口は、レバーを上げると水が出るんだ。

この世のすべては集めなかった

うまれてから12歳になるまでずっと、3年にいちど妹か弟のどちらかがうまれてくる体験をした。3歳のときに妹がうまれて、6歳のときにも妹がうまれて、9歳で弟がうまれて、12歳でまた弟がうまれた。結果、私は5人きょうだいの長子になった。

最初の妹がうまれたときのことはまったく覚えていない。そのころ私は幼児向けの知育の会に入っていたらしいのだけど、妹のお産で入院した母の代わりに祖母が同行するようになって以降、祖母のひざから離れなくなって活動にまったく参加しなくなったことはあとから聞いた。

もともと東京で暮らしていたのを、神奈川県の3階建ての団地に引っ越して、2人目の妹は神奈川の病院でうまれた。

小学校に入ったばかりの私はきれいな折り紙や鉛筆を集めるのに執心していた。物の美しさにとらわれていたのではなく、できるだけ多くの違った種類の物を手元にそろえたい、さまざまなものが欲しいと願うコンプリート欲が強かった。

ちょっと伝わりにくいかもしれないのだけど、私は同じころ「新しい牛乳パックを家族のなかでいちばんに開封して、最初のひとくちを飲む」ことにもこだわっていて、それにも、全部の最初のひとくちを味わいたい、最初のひとくちを集めたいというコレクション的な理由があった。

折り紙のように物質的に世の中に点在するもののほかに、牛乳の最初のひとくちのように、今日の牛乳と明日の牛乳は違うと、時間軸的にも種類があると考えていて、そのすべてをできるかぎり手に入れたいと思っていた。

おりしも時代はビックリマンチョコの大ブームのさなか、私はたくさんのシールを集めるべく、価値の高いシールが1枚当たったら友人にかけあって雑多なシール複数枚と交換してもらうプレイスタイルを取った。とにかく私には多くの種類が必要だったのだ。ただ、有限であるビックリマンチョコの世界よりも、もっと無限的な、底知れない世界の広さを収集したいと考えているところがあって、ビックリマンシールにはそれほど熱狂はしなかった。

旺盛なその欲がどこに向かったかというと、新生児であった2人目の妹の紙おむつに向いたのだから我ながら子どもの考えることは計り知れない。当時すでに布おむつに代わって紙おむつは一般的になっていた。各社からそれなりの種類が発売されており、私は母にたのんでメーカー違い、サイズ違いで1枚ずつ紙おむつをもらっては集めた。収集し記録としてストックせねばならないと、楽しむというよりも義務的にはげんでいた。

あらゆる現世を手に入れたかった。リアルなこの世を可能な限り蓄えたかった。紙おむつはどんどんなくなる消耗品でお金がかかるものだから、私が親だったら子どもが集めると言い出しても叶えてはやらなかったと思う。母は私が既存のカルチャーに興味を持つことや人間として知恵をつけたり学習することにはあまり関心を持たなかったが（幼児のころ通っていた知育の会も引っ越しとともにすんなり辞めてしまった）、新しい固有のアイディアを試すとあれば軽やかに乗ってくるところがあった。紙おむつもそれで集めさせてくれたんだと思う。

9歳になる頃、弟がうまれてきょうだいは4人になり、両親は一戸建てへの住み替えに動き出した。

当時はバブル景気の真っただ中で新築の物件はマンションも戸建ても大変な人気だった。購入希望者はどこへも殺到し、父母はなかなか買える家を見つけられずにいた。じっくり2年くらいは抽選にはずれ続けて家が決まらないままだったと思う。私は引っ越しを考えていると両親から言われてから2年間ずっと、誰も知る人のいない学校への転校をおそれ、うっすらした不安をかかえてすごした。ついに引っ越しが決まったのが、小学5年の夏だった。

ある夜、人々が寝静まって暗い居間で新聞を読んだ。新聞を読む習慣はなかったし、読んだ方が良いという価値観も持っていなかった。それに私は強固に両親に早寝を推奨されており、あのころ両親より遅く寝た覚えがないから、寝静まった家の印象はどこからくるものだろう。なにしろ暗がりに小さくあかりを灯して読んだのだ。

小さな女の子を誘拐し殺した犯人が、行方不明のほかの女の子も自分が殺したと自供した、そう書いてあった。当時東京と埼玉で起きた、連続幼女誘拐殺人事件の記事だった。

私たちの引っ越し先は埼玉県の山を切り開いたニュータウンの戸建てだった。父は2時間半かけて通勤することになったから、最後のほうはほとんどやぶれかぶれで、金額的に折り合いさえつけばやたらめったらに購入の希望を出していたのではないか。

引っ越しの直前、祖母がやってきて、誘拐事件のあった場所の近くへ越すなんてと心配し、もう決まったことなんだからと、それに犯人は逮捕されたじゃないと母が言い返すのを聞いた。

引っ越し先は、ここにこんなにたくさん家を建てるのかという場所だ。うっそうとした森のトンネルを抜けると山あいにみっちりぎゅうぎゅうに家が建つ景色が広がる。家をひとつ、ふたつ、みっつと並べて、並べ終わったところから奥はもう暗い山であり深い崖である。

引っ越した翌年に埼玉の病院で2人目の弟がうまれた。これで全部で5人きょうだいになった。

もう紙おむつは集めなかったし、牛乳のひとくちめにこだわることもなくなって、その頃には私はたくさんの物を自分にストックすることを怖いと思うようになっていた。

引っ越しで持ち物の整理をしてずいぶん持ち物は減っていた。手元に残した折り紙や文房具はそれから時間をかけてすこしずつ使ってためこむことなく消費していった。

父は仕事で朝から晩まで不在だったから、5人の子どもの世話は母がひとりでしていた。よく、きょうだいの多い家の長子とあれば下の子どもたちのお世話をしたんじゃないかと聞かれるのだけど、ほとんどその覚えはない。母はあまり私にものを頼まなかった。自分で手を動かしたほうがなんでもずっと早くすんだからだと思う。

私は騒がず学ばず、なんだかふぬけて多くの時間を寝てすごした。

いちどだけ、友達と遊ぶ約束をした公園に、下の弟をおんぶ紐でおぶっていったことがあった。うけるかなと思ったのだけど、そうでもなかった。

渡り廊下と札幌

小学5年生の夏まで神奈川県の小学校に通った。広い校庭のすぐ脇は私鉄の線路が通って、白地に青いラインのふつうの車両と、たまに特急電車も走り抜けていく。校舎は2棟、各階に渡り廊下がある。2年生のころ、仲良くしていたみえちゃんとふたりで渡り廊下に差し掛かったところで前に体育の先生がいるのに気が付いた。先生はいつも光沢のある短いランニングパンツを穿いていたのだけど、その日は金色のだった。みえちゃんが「お尻がぴかぴかしてる」と言って、私たちは笑った。

この渡り廊下にはたまに長机を4つくらいくっつけたところに白い布をかけた台があらわれる。本や衣類、傘なんかが並べられて、誰でも好きに持っていっていい。民家がよく「ご自由におもちください」と書いたダンボールに食器や雑貨を入れて置く行為があるけど、あれを学校でやっていた。預かり期限のすぎた落とし物をリサイクルしていたんだと思う。

3年生のある日、私はミッキーマウスの顔が表紙の、手のひらにちょうどのる大きさの冊子を見つけた。中を開くと細かな文字がびっしり印刷してあって、どうもトランプのさまざまな遊び方をまとめたものらしかった。欲しいなと少しだけ思って、でもいいやと戻し、あとでやっぱり欲しくなって見に戻るともうなくて、それからその後しばらく何度か「もらっておけばよかったな」と思い出し、その後は「もらっておけばよかったなと思ったな」と振り返るようになって、そのまま今でもたまに思い出すのだから執念深い。

4年生になって夏休みの直前、クラスメイトのきょうちゃんと一緒に、放課後、職員室に来るように先生に言われた。二人でなんだろうねと言い合って、良い知らせか悪い知らせか、私たちはまったく想像がつかなくて、気になって早く知りたくて渡り廊下を走って渡る。

先生に、お家の人に渡してと長4サイズの薄っぺらい茶封筒をもらった私たちは教室に戻りながらなんのためらいもなく開封した。ぎょう虫検査で陽性の判定が出た知らせだった。きょうちゃんと二人、どんなふうに言い合ったのだったかは忘れてしまった。お腹の中にいたぎょう虫をどういう治療で追い出したのかもおぼえていない。

その後すぐ、きょうちゃんは過激に私をいじめるようになった。私はそのころ、いじめというものの存在を知らなかった。知らなかったから、きょうちゃんがなんで急にしゃべってくれなくなったのか解らなかったし、きょうちゃんを含めたいつもの友達数人、その中にはみえちゃんもいて、並んで歩けばなぜか私だけつきとばされて、私はただ悲しかった。

図工の時間の粘土細工でねんどをうさぎの形にしようとしたら、きょうちゃんが手を2回叩いたあとで「私がうさぎを作ってるのに、まねしないでくれますか？」と言ったのもわけがわからない。結局しばらく学校を休んだのだけど、自分がなぜ学校に行けないのかの理解は深まらず、ただなんとなく、行けないなと思ったのだ。しばらく休んで、母に連れていかれたのだったか、自宅で暇を持て余したのか、またぼんやりと学校へ行った。きょうちゃんが迎えてくれて、みんなで無視をすることにしてたんだよと教えてくれた。誰も私に話しかけてはいけないルールになっていたらしい。手を2回叩くのが、例外として私と会話をすることの仲間への合図だったそうだ。

それを聞いてもなお私はなにもかもがピンとこなくって、ただ時間が流れるままた元のとおりに戻った。

5年生の夏休み、私は神奈川から埼玉に引っ越した。引っ越した先の小学校には渡り廊下がない。でもその代わり、校舎から体育館へ渡る、コンクリートの狭くて細い屋根付きの通路があったから、私はこれをこの学校における渡り廊下としようと漠然と考えて、景色を重ねて卒業まで行き来した。

私が引っ越した、まったく同じタイミングで家が近所だったちよちゃんが札幌へ引っ越していった。神奈川に残ったきょうちゃんと、6年生の夏に札幌までちよちゃんに会いに行った。

羽田空港まではそれぞれ母親に連れられて集まって、飛行機はふたりで乗った。神妙に席に座っているとキャビンアテンダントさんが中腰になって私たちにゆっくり「飲み物はなにがいいですか？　りんごジュース？　オレンジジュース？」と聞いてくれて、それがあまりにものごとが何もわからない者に対するコミュニケーションの様だったから。6年生はもう少し大人だと思っていたけれど、私たちはまだ子どもなんだと解って恥ずかしかった。

ちよちゃんとお母さんが新千歳空港で出迎えてくれて、それからの数日間はちよちゃんとお母さんとお父さんとお姉さんが総出であちこち連れて行ってくれた。

観光もしたはずなのにいちばんよく覚えているのは映画館で『シザーハンズ』と『ホーム・アローン』の2本立を観たことだ。映画館で洋画を観たのはこれが初めてだった。ちよちゃんのお母さんは2本ともパンフレットを買ってくれて、せっかくだから素直に読んだ。ぎりぎりの記憶だけれど、たしか『ホーム・アローン』

はラストシーンのカメラワークが母親視点なのがすばらしいと、『シザーハンズ』のほうは冒頭、あらわれる屋敷をカメラのミラー越しに映す演出が絶賛されており、なるほど、映画というのはこうやって観るのかと私は感心したのだ。

映画の帰り、ちよちゃんのお母さんは私たちに味噌ラーメンを食べさせたかったらしい。目当ての店がお休みで、結局どこかのきれいなレストランで「サラダラーメン」というのを食べ、「ごめんね、でも、これでもいいよね」と言ってなにかずっと申し訳なさそうだった。

大人になってから、ちよちゃんのお父さんとお母さん、ふたりの故郷が札幌で、神奈川はお父さんの勤めの事情で一時的に暮らしていたと聞いた。ちよちゃんのお母さんは、札幌にあふれる美味しいもの、自分や家族の好きなものを私たちに少しでもたくさん味わってほしくて、それであのときはきっと悔しかったのだ。キャビンアテンダントさんは私たちをまだ子どもだと思った。でもちよちゃんのお母さんは、それよりはほんの少し、私たちをものごとを伝える相手として認めてくれていたのかもしれない。

湖畔でジンギスカンもした。知らないご飯だった。ちよちゃんときょうちゃんと私の3人で足まで湖に入って、ちよちゃんのお父さんが写真を撮ってくれた。

ちよちゃんの家は新築のきれいでしゃれた一戸建てだ。どういう造りの家だったのか、ベランダから屋根の上にあがることができて、私たちものぼった。住宅街が眼下に広がって、空がぐんと広い。何もかもがクリアになるようないい気持ちで息をたくさん吸った。

帰って数日後にちよちゃんから湖と屋根の上で撮った写真が送られてきた。新しい紺色の屋根の上に靴下で立つ私たちは怖がりもせず3人並んで笑っている。ちよちゃんのとなりに八木アンテナが立っている。

卵を割るのが下手になった

卵を割るのが下手になった。

打ち付けた部分がぱかっと割れずに粉々になって、危ぶみながら黄身と白身の出口を作って器に流すがどうにも殻が入る。

前はこんなふうじゃなくって、もっとするっと困らずに割れた気がするのだけど。いったいいつから下手になったのか、いつごろまではうまく割れていたのか、日々下手に割るうちにどんどんぼんやり霧にかこまれるようにわからなくなって、はたして本当に上手に割れていたころがあっただろうか、今ではそれも怪しく感じられる。

私は卵を割るのがうまくないのだと、勘づいてしまうといよいよぐんぐんそちらに引っ張られた。自信がなくなることによって、下手が加速する。毎朝、どうせ今日もうまくいかないのだろうと、あきらめながら割るようにすらなってしまったものだから、良い結果も出ようがない。

案の定殻が入って、ほらやっぱり、どうせうまくできないことはわかっていたんだと、事前に承知していたことをえばってもっと下手になり、目玉焼きにすべくフライパンに割り落としたところに三角形に小さく落ちた殻を、熱がりながらスプーンですくいあげるのにもずいぶん慣れた。

これまでできたことが加齢によりできなくなる、長く生きることのやむを得なさはまだまだ40代と若輩の私も知っている。けれどこの、卵が割るのが下手になったことは、どうもそういう肉体の衰えとは違う理由があるような気がしてなんだか毎朝ちぐはぐして納得がいかない。

もしかしたら、私は卵を割ることに興味を持たなすぎるんじゃないか。日常的なことにもかかわらず興味のない体のうごきというのがあって、そこにつまずいて難儀しているのではないか。

興味のない体のうごき、それでひらめいたのが、薬のシートのことだ。

1年ほど前、皮膚科でもしかしたら肝斑《かんぱん》かもしれないと診断を受けた。顔の左右対称に生じるシミのことで、テレビのコマーシャルで聞いたことがあって名前だけは知っていたが、自分にもその傾向があるとは気づかなかった。

日焼け止めをしっかり塗って飲み薬を使うことで改善しますからと、以来処方薬を飲んでいる。切れると処方箋を取りに病院へ行き、調剤薬局で一粒一粒並んだ薄いアルミとプラスチックのシートをがさっともらってくる。

薬は毎食後、一日3回飲むことになっている。それなりに頻回だから、すぐに手に取れるように食卓の近くの棚にカップを設置し、そこに薬シートを立てるようにした。ビタミン剤など3種類、常時カップには各種揃えて3枚のシートが差し込んである。

几帳面でもなんでもないけれど、なんとなく気分的にどのシートも端から1粒ずつ押し出す。シートは2粒ごとにミシン目がついて折れるようになっているから、飲み切ったところは折って捨てた。飲むうちに3つのシートは一斉に小さくなっていく。飲んだ部分をそのままにせず捨てるのには特に意味はなく、なんとなく、意思のない手癖だ。ちょっとだけ、ToDoを線で消すような達成感もあった。

ある日、いつものように私は朝食後に薬を飲まねばとカップをのぞく。3枚のシートの薬はどれも最後の2粒が残ったところで、シートの破片はカップの底にたまっている。普通に2粒のシートをつまむなら親指と人差し指を使うのだけど、カップの口は狭くて手が入らない。仕方がないからカップを逆さにして、ざらっと3枚分手のひらにあけた。

カップの中には、行き先を迷った末についい入れたもらいもののステッカーと、クリーニング店のクーポンと、輪ゴムとクリップもごちゃっと一緒に入っていて、薬のシートのかけらと同時に手のうえにあふれた。薬だけをつまんでから、手のひらにカップを伏せて、残りのあれこれがまたカップの中におさまるようにえいやとひるがえす。つまみあげた薬のシートから1粒を押し出して、最後の1粒になったシートはまたカップに戻した。

薬をカップに立てるようになってからずっと繰り返してきたしぐさだ。毎回なんとなくこうして続けていたのだけど、このときはじめて、あれ、と思った。

薬のシートは飲み終わったところを折って捨てなければカップの中で立つ。わざわざ折って捨ててしまうから立たなくなって、カップの底に沈むんだ。

それからは、飲み終わった部分もそのままにして、シートがずっとカップの中で立っていられるようにした。飲み切った部分はやぶけたアルミが雑草みたいにシートの裏でざわざわする、持つときに手にひっかかるし、ちょっとだらしないように見えるけれど、カップの底に落ちるよりずっと楽だ。

私は、暮らしは便利でなくてもいいと思っているところがある。雑多で行き届かず、ちょっと変で意味の全部が分かりきらないくらいが楽だ。

薬をシートから出す、卵を割る、昨日濡れた傘を広げて干す、不要なチラシを処分する、洗濯機に洗剤を入れる、興味のない体のうごきは、精査せずに散漫なくらいでちょうどいい。

だから薬のシートを不便なままわざわざ折り続けていたし、折るのをやめて、ちょっと便利になったなあと思うことにも、それほどの感慨はない。

同じあいまいさで、卵の殻も漫然と下手になったなどと思って割り続けていたんじゃないか。

きりっとさせないままの生活も好きだけど、口に卵の殻が入ったら居心地の悪い嚙み応えがして口じゅうに広がる。あれはすごく嫌だから、やっと目覚めて「殻の入らない卵の割り方」で検索した。

ああそうか。最近ずっと、シンクの角に卵をぶつけて割っていたんだ。平らな面に打ちつけないと、変な割れ方をするんだ。

窓のそとはあかるい

数年ぶりで恋人ができた。恋人は東京都心の私鉄沿線の、各駅停車しか停まらない駅を出て坂をのぼった丘の上にあるマンションの1階に部屋を借りていた。私は祖母宅に居候するフリーのライターで身軽にぶらぶら暮らしていたから、自然と転がり込むように丘の上の部屋で週の半分を過ごすようになった。もうずいぶん昔、20代のころの話だ。

古い低層のマンションは、3階建てで高い建物ではなかったが敷地は広い。L字に建っていて、Lの字に囲まれた四角い部分はぜいたくにもすべて庭だった。庭だけで60坪はあったんじゃないか。

全体がきれいな洋風の植栽で埋めてある。春はそれは美しくあれこれの花が咲いて、夏も緑がセンス良く茂った。晴れの日も雨の日も見栄えのするようにとぎすませてしつらえてあった。

庭だけではなくマンション全体にも草花は配置されていた。外壁には鉢植えの花が違和感なく飾られ、入り口から各戸へ抜ける通路にも植物園の温室みたいに手入れされた木や花が育つ。

すべての緑は大家夫婦が世話していて、水やりや手入れをする姿をよく見かけた。彼らはガーデニングの世界ではそれなりに有名なんだそうだ。植栽の見学に訪れる人々を従え庭やマンション内を案内する様子も何度か見た。

週の半分をこの家で暮らし、半分を祖母宅での居候で暮らし、中途半端に居つき居つかないような生活を私は1年ほど続けた。大家夫婦は常々外に出て植物の世話をしているから怪しまれないようにと元気に挨拶して、素人目にも明らかに美しい植物に居合わせた際には「すばらしいですね」「きれいですね」と積極的に称えた。

恋人によるとこの大家の家は子どもたちがすでに独立して不在で、夫婦ふたりで暮らしているという。夫婦ともにおだやかで、何度やりとりをしても馴れ馴れしさや親しみやすさを出さない。いかにも東京の人らしい。

恋人の部屋は1階のいちばん奥、縦に細長い間取りで、玄関を入ってすぐ廊下があり、そのあと左側に小部屋、先に台所があって突き当りにまた部屋がある。すべての部屋はどこかしらの角が直角でなかった。マンションは1階の半分くらいが大家の自宅として区分されていたから、最初に大家が自宅はこれくらいの広さがあるといいなと考えて、建築士が、では1階の中心におおせのとおりの面積でゆったり区分けしましょうと製図して、恋人のあの部屋は、そうしたときに出たバリの部分だったのではないか。りんごの果実が大家の家だとするとその皮のような。

部屋に入ればいかにも古い鉄筋コンクリートのマンションといった風情がある。天井が迫るように低く、床は起毛の薄いねずみ色のカーペットごしにコンクリートの強さが感じられ、足の裏が冷たくて好きだった。

恋人は突き当りの部屋の奥の一辺にベッドの長辺を添わせて置いて暮らしていた。この突き当りには窓があって、開けると外に出られる。出た先が、あの、広い大家の庭だ。

洗濯の外干しのために、店子《たなこ》にも窓の前の1・5畳ほどが陣地として与えられていた。とくに柵などはないけれど、陣地の部分だけ地面が石畳になっており、大家の芝生の庭の土の面とはちゃんと区別されている。

恋人は朝になるとベッドをまたいで外に出て洗濯物を干し、夕方またベッドをまたいで取り込んだ。人当たりのとてもいい人ではあったものの、知れば柄の悪いところがあるうえお酒を飲んで酔っ払うのが好きだから、もしこの人が調子に乗ってすっかり酔って前後がまったくの不覚になり、美しく整った大家の庭に暴れこんだとしたら、あのおだやかな大家さんたちはどうするだろうとたまに考えた。

庭に面した窓には遮光のぶあつい青いカーテンがかけられていた。ふつうの規格より幅の広い窓だから、一人暮らしが初めてで慣れなかった時分の恋人はわざわざ特注でサイズぴったりのカーテンをオーダーし、ずいぶん高いお金がかかったらしい。出会ってから別れるまでのあいだに恋人にまじめさを感じたのはこのカーテンの発注についてのみかもしれない。

ある晩、それこそふたりで酔っぱらって、この貴重なカーテンを引かずに寝入ってしまったことがあった。

翌朝、窓の向こうはさえぎる建物のない広い庭だから夜明けとともに明かりが差し込んで、ベッドのすみで窓に向かってくっつくように横になっていた私の、布団から出た顔面は日に照らされた。

酔い覚めの朝は眠くそのままかまわず眠り続けたけれど、日がのぼるうちに目は薄く開き、窓の向こうの曇って白い空を見た。まぶしい。

横になったまままぶしむうちに、弱く雨が降ってきた。霧雨の縦の線を視認して、寒い冬の朝をいっそう自覚し毛布を引き上げると視界がまぶしさから逃れた。

徐々に頭が覚醒し、またすこし毛布をずらして、庭が見えるように目を出す。

雨の日でも、窓の外は明るい。晴天の室内よりも、これならずっとずっと照度は高い。

私はそれまで、曇りや雨の日の空は暗いものだと思っていた。明るいのは晴れの日だけだと思っていた。屋外の明るさにこのときはじめて気がついた。雨降りでもこんなにもまぶしく白い。

冬の日の庭は全体に茶色くて、でもちゃんと美しくて優しくて気が利いていた。雨のなか黄色のかっぱを着た大家夫婦が長靴で土を踏み庭を歩くのが見えた。かまわず横になったまま、まだしばらく眺めた。

よなかの親子

夜眠れないとき、窓から団地の裏の狭い空き地の、雑草の茂り具合を見ることがあった。

私の家は団地の3階で、小学校のまだ低学年のころに寝る部屋と呼んでいた寝室からは、団地の向こうの空き地がちょうど真下によく見えた。春から夏にかけては狭いところにみっしりハルジオンがよく咲く。いちど摘みに行って、けれど友達に貧乏草だと言われてそれからはながめるだけになった。秋はすすきが風になびいて倒れるようにそよいでふわふわゆれた。

今日もまた寝れない。目をぎゅっとつぶって、隣に寝る妹の寝息に合わせて呼吸をしてしばらく、景色のような夢を見て入眠を感じるのだけど、どこかではっと引っ張られるように覚醒してしまう。布団から出て、妹を起こさないようにゆっくり窓を開け空き地を見ようとして、真下の通路に人がいるのに気がついた。

早田さんのお父さんだ。

早田さんは団地の2階に住んでいる家族で、お父さんは大きな病院のお医者さんだと母から聞いた。ねずみ色のスウェットのズボンと白いTシャツを着た早田さんのお父さんが暗い中に立っている。

何をしているんだろうと思う間もなく、がらがら音がして、黄色い車体に赤いハンドルのついたおもちゃの車にまたがった早田さんちの3歳くらいの子どもが出てきた。お父さんのまわりを、地面を足で蹴って車でぐるぐる回る。お父さんが笑って、子どもも笑った。

こんな夜に何をやってるんだろう。怪しいと思いながらそのうちながめるのにも飽きて布団に戻るとやっと眠りがやってきた。それから何度か、夜に起き出してふたりが遊んでいるのを3階から見下ろした。

なぜふたりは真夜中に遊んでいたのか。今ならわかる。私が真夜中だと思っていたあの時間が、真夜中ではなかったからだ。当時私や妹たちは夜8時を就寝時間として両親、とくに父から厳しく決められていた。早田さん親子が遊んでいたのはきっと9時くらいの時間だったのだ。忙しい医師の仕事を終えたお父さんと帰りを待っていた子どもがやっと遊べる時間だったんじゃないか。

早田さん一家にとって団地は仮の住まいだった。そのうちにどこかへ引っ越していった。その後しばらくしてから、夏休みに早田さんの高原の別荘に招かれて団地の数家族でそろって遊びに行ったことがある。

屋根の高い、大きくて立派できれいなログハウスだった。中2階のようなロフトのようなスペースにテレビがあって、子どもが集まってみんなで当時発売されたばかりだったスーパーファミコンをした。夜あの路地で小さな車にまたがっていた子がもう小学生になっていて、どのカセットで遊ぼうかとみんなに選ばせてくれる。

当時私はスーパーファミコンが怖かった。ファミコンすらまだ遊びこなせていないのに、もう新しくなっちゃうの。ファミコンのことをまだ何も分かっていない、これからもっともっとファミコンのことを知って、上手にできるようになって、そう思っていたのに、不明の度合いがファミコンよりもさらに強いものが登場してしまった。

だから私はみんなが「スーパーマリオワールド」をやっている輪のすこし後ろから、嫌だなという気持ちで見た。

それからみんなで広くて天井の高いダイニングでスイカをごちそうになった。早田さんのお父さんはこの日もねずみ色のスウェットのズボンに白いTシャツだった。腕組みをして仁王立ちする足と足の間に私の弟が寝そべって足を上げ、足の裏で早田さんのお父さんの股間をぐっと押し上げているのを妹が見つけて、「ねえ、いいの？　あれ！」と耳打ちするから、つい笑った。

早田さん一家がまだ団地に住んでいたころ、団地の寄り合いで酔っ払ったうちの父と早田さんのお父さんと、あと数人で、誰が一番速く新しくできたレンタルビデオ屋まで走っていけるか、アダルトビデオの借り物競争をしたことがあったらしい。それで早田さんのお父さんが転んで縫うほどの怪我をしたんだと、母がかつての団地の友人らに会って思い出話をしているのを横から聞いた。

レンタルビデオ屋には、私たちきょうだいも休みの日によく父について行った。『ドラえもん』の映画や『ダーティペア』、あと映画『オズの魔法使い』の続編的な作品の『OZ《オズ》』を何度も借りて観た。

レンタルビデオ屋の入り口にはレンタル開始を知らせる映画のポスターが何枚も貼ってあり、妹とふたりで、螺旋状の溝が入った太い金属の棒が人の頭に刺さっているホラー映画のポスターを見つけ、あんまり怖いからそれからずっと、入り口は走って通り過ぎることに決めた。団地とビデオ屋の途中にある雑木林の囲いに太い鉄の棒が刺さっていて、ポスターの棒を連想してそれもついでに畏れた。

早田さんたちが引っ越してよなかの親子はいなくなり、それからもしばらく私は夜すぐに寝付くのが難しく、自分は不眠症なのではないかと怯《おび》えていた。小学5年生のころ団地から埼玉の戸建てに引っ越したのをきっかけに、家における子どもの就寝時間のきまりがあいまいになって、眠くなったら布団に入るので構わないことになった。

簡単に眠れるようになった。

感動に宿った確かなうるささ

娘が「今日の合奏、うるさいよ、うるさいからびっくりすると思う」と警告するように言った。

学校での音楽発表会の日の朝のことだ。この頃、世の中はまだコロナ禍まっただなかで、会場に大勢の観客を集めることができなかった。学年ごとに日を分け、保護者が自分に関係する子の出る回だけを観覧することができる。娘の出る5年生の演奏が今日だ。

「え、うるさいわけないでしょう」と、とくべつ深く考えずに返して娘を送り出した。

ひとつの家からふたりまで観覧できることになっている。実家から母が応援にかけつけてくれた。楽しみねえと母は言い、うん楽しみだね、こういうのがあると子どもの成長感じるもの、やっぱり良いよね、そうだねえ去年はなんにもなくなっちゃってたもんねなどと言いながら野外の寒さを確かめ身を縮め学校へ向かう。

演目は合唱と合奏の2曲。ものの10分程度で終わる会ということが事前のプログラムで知らされている。とにかく大勢を長時間ひとところにとどめておかないようにしようと、あの頃はそうだった。体育館に入ると換気のため2階の窓が全開になっている。「寒いですがどうかご辛抱ください」と先生からアナウンスがあった。保護者たちはみんな承知でもこもこの厚着で集まっている。

並んだ子らの代表が前に出てきてそれはりっぱに自分のことばで挨拶をして、私などは感激してもう泣いてしまう。マスク着用でも口を開けて歌っていることが顔つきから分かることを発見した合唱が終わり、続いて合奏が始まった。

曲は『パイレーツ・オブ・カリビアン』の、あのテーマ曲である。

はじまったと同時に、あ！　と思った。

うるさいぞ！

この気持ちはなんだろう。「うるさい」という言葉にはネガティブな気分がある。大きな音がしてやかましく不快だという意味だ。でもそうじゃなくて、不快など微塵も感じず、むしろ感動のなかに、事前に「うるさいよ」と聞かされていたことにより宿った確かなうるささがあった。

仕上がった演奏には子どもたちの練習の努力が現れていた、真剣な表情に集まった人たちに楽しんでもらいたいという気持ちがこもっている、単純に今もちうる力をここで発揮しようという素直な気概も伝わる。

それとともに体育館に満ちて鳴るジャンジャカジャンジャカでかい音。

なるほど、これはうるさい。

ネガティブな意味の言葉がしっかりとした信頼関係で両者申し合わせの上でポジティブに転じる場合がある。申し合わせがゆるいとネガティブなまま届いてしまうから絶対的に注意が必要だけど、「ばかだなあ」とか、「あほか」とか。

子どものころ、妹とふたりで話すがなんだかお互いに話が聞き取りづらいなと不思議に感じたことがあった。かまわず話をしていたのだけど、ふと、後ろで弟が延々、大声でトランペットのまねをしているのに気づいたのだ。はっと気づいて「うるさいよ!?」と妹とふたりで言ったあと、弟も入れて全員めちゃくちゃに笑った。

あの弟のうるささは「なんなん!?」という種の笑えるうるささで、合奏のうるささとちょっと似ている。体育館にはただ純粋に「音がでかい」という意味だけの「うるさい」が愛しさのようなものとからんでせいいっぱい出力されている。

娘はアコーディオンの担当で、あのブカブカさせるやつをうねるように操作し、キーもなめらかに叩いていた。弾いてる真似をしてるんじゃない、ちゃんと弾いている、弾けていることに感心する。というのも、私は小学校時代、勉強とか練習とか苦労らしいことをすべてスルーする傾向にあり、合奏などはおおむねフリで押し通していたのだ（そして後で音楽の授業で行われる個別演奏の試験でばれた）。

予定通り催しは10分で終わった。退出する保護者たちの流れに乗って体育館の外へ出ながら、上手だったわねえ、みんなりっぱだねえと感動しきりの母に、娘から「今日の合奏、うるさいよ」と言われた話をすると母も「確かにうるさいと言われればうるさかった、率直な表現するね」と笑う。

夕方、帰宅した娘に「言われたとおりだ、めっちゃうるさかったわ」と言うと「でしょう！」と嬉しそうだ。

楽譜を見せてくれて、特にここがうるさいんだよねなどと教えてくれ、ああそうそう、そこうるさかったと確かめ合った。

発表会成功のお祝いに隣町のコージーコーナーにモンブランを買いに行った。

私たちは何でしょう

私たちの待ち合わせはいつも、地下鉄の駅の階段を地上へ上がりきったところだった。駅の名前と一緒に、A5とか、C10とか、そんなアルファベットと数字の組み合わせの出口の番号を約束しておく。ふたりとも待ち合わせ時間ぴったりに到着する性質があって、お互い遅刻することはほとんどなく、いつもおおむねすんなり落ち合った。

今日は私が少し早く着いた。階段を上がると、手すりの下に吹き抜けで地下鉄のフロアが見下ろせる造りの駅だったから、何の気なしに手すりに寄りかかって下を眺めた。夏の夜のぬるい風が吹きあがる。オレンジ色の照明でもったり照らされた駅のフロアは人たちとその影が行き交った。あっちからこっちへ、こっちからあっちへ、各人がそれぞれ目的の場所に向かって歩いているのだと思うと、これだけの人全員に行きわたるほど、所用というものがあるのだと底知れない思いがする。

集中して眺めるうちに、1本の指の腹が右肩を軽くとんとん2回たたいて、私は右側に顔を振り返らせた。

誰もいない。

はて？と思った瞬間に、Mさんがぬっと左から顔を出した。

Mさんとは00年代の主流SNSだったミクシィの、同年代生まれサークルのオフ会で知り合った。会ったことのない人といっぺんに大量に知り合いになれるオフ会というものをおもしろがって、集まりがあればじゃんじゃん参加しまくった頃だ。

私は新大久保、Mさんは新宿の勤めで遊びの行動半径が似通っており、どちらもお酒が好きで日々飲む口実を探していたから、仕事終わりによくつかまえ合った。

私は女性でMさんは男性で、お互いに異性愛者でパートナーはいない。とはいえ2人のあいだには恋愛の可能性をちらりとも感じ合わない確固とした雰囲気があった。

共通の友人からは、付き合ってんじゃないの？　ともよく聞かれ、いや違うんだと答えると、たいてい男女間に友情はあり得るか論争みたいなものをふっかけられる。それで無理やり考えて、ぼんやり思い至ったのが、Mさんと私のあいだには恋愛感情だけじゃなく、友情の感覚も大してないんじゃないかというこたえだった。

誰かと酒が飲みたかったんだ。仕事帰りに飲みに行ける、都合の良い相手がいた、そういうことだった。

夕方ごろ、今日は早くあがれるかもしれないと目途がついたあたりでMさんに携帯でメッセージを送る。

「今日、早めに上がれそうだよ」

「おっ、じゃあさ、このあと曙橋で終わるんだけど来られる？　Ａ１出口」

「おけーです、19時くらい」

Ｍさんの方から連絡が来ることもあって、このバランスが絶妙だった。誘い誘われがぴったり半分半分、飲み仲間として両者が同じバランス感覚で求め合っていることが関係の気楽さの根源でもあった。

集まると、チェーンの居酒屋で３時間くらいだらっと飲んで喋る。２軒目に流れることは、最初はあったけれどそのうちなくなった。晩ご飯代わりに１軒行って終わる。

飲みながらサークルの人たちの噂話とか、仕事の愚痴とか、Ｍさんはアニメが好きでエヴァンゲリオンとかガンダムについて語ることもあった。私はどちらも軽く観たくらいでちゃんと通ってないから、程度を初心者レベルに落として語ってくれたのをよく覚えている。相手に合わせてオタクの出力のコントロールができる人だ。私も、観た映画とか、聴いた音楽とかの話をそれなりにして、Ｍさんはちゃんと興味を持って聞いてくれた。

私はMさんと酒を飲むのが好きで、Mさんもそうだったから私たちは仲間として成立したんだろう。ふたりは完璧で、いつも楽しくて、需要と供給をちょうど半々で満たし合った。

私はMさんよりちょっとだけ年下で、でもだからおごってもらうとか、女で食べる量が少ないだろうからちょっと安くしてもらうなんてことはない。ボーナスが出たから、ちょっと遅刻したから今日はどっちかが持つ、みたいなこともなくいつだってピリッと支払いは割り勘で迷うことがなかった。

年齢による上下関係とか男性性や女性性を会話に挟むようなこともなく、立場をうんぬんせず、我々がやることは飲んでしゃべることだった。とくに打ち合わせることもなく自然とそうまとまったのも、関係を強固なものにしていたと思う。

そんななかたったひとつだけむずがゆいような思いがしたのは、待ち合わせて居酒屋に行くまでの時間だった。メールで打ち合わせた通り、地下鉄の駅の出口の階段を地上へ上がりきったところで顔を合わせる。

「おう」

「おつかれー」

「行こうか」

「うん」

そうして並んで歩きだす、なんだかちょっとデートみたいじゃんねと、つい照れくさく感じて、たまに後ろめたかった。

だから、Mさんが指の腹で右肩を叩いて、右を振り返った私の左から顔を出したあの日、なんだか、デートみたいだと照れる気持ちがばれて、Mさんがそれをメタフィクションにしたような気がした。見透かされたのが恥ずかしくって、でもこれでも大丈夫なんだと自信がついて、反射的に吹き出して笑った。

そんな私をおいてMさんはさっさと歩いていく。振り返って「行こ」と言われてついていき、商店街の中盤の、弁当屋の上にある村さ来に入った。

半年くらいあそぶうち、Mさんに恋人ができた。

例のサークルにいる私も知っている女性だ。Mさんとはグラフィックデザイナー同士でもともとネットでよく絡んでいるのを見た。静岡で仕事をしていて、でもたまに東京で打ち合わせがあって上京する、それに合わせてオフ会が開かれることもあって、優しくて明るい、好かれる人だ。

まじか、よかったじゃん、乾杯だとなって、それからやっぱり「こうやって飲んでていいのかね」という話は、一応せざるを得ない。

私たちは基本的に入店から退店までずっとビールを飲む。あれば大瓶を頼み、最初の一杯だけはお互いに注ぎ合って、あとは手酌で飲み続ける。

Ｍさんはわざとらしく私のグラスにビールを注いで、飲む私を見ながら「うん、大丈夫」と言った。

恋人には説明してあって、向こうも問題ないと言っている、そもそもこの関係は自分には珍しく、男女であるが恋愛の雰囲気におもしろいくらいはまらない、だから、大丈夫。Ｍさんは重ねてそう言って、私は「おー」と、それからはいつもみたいに飲んで帰った。

なにも変わらなかった。変わらなかったというよりも、変えないようにしようと私も、それにおそらくＭさんも気遣ってコミュニケーションを取り続けた。変わったとしたら、待ち合わせにデートみたいな雰囲気を感じ取ることが、この人はパートナーのいる人であると思うことによってすっかりなくなって、私の気が楽になったことくらいだった。

なのだけど、ある時、あれは渋谷の道玄坂、１０９のあたりにある地下鉄の出口だ。

私が階段を駆け上がるとＭさんはもういて、携帯の画面を見ながら親指でばしばしボタンを押していた。メールを打っているのだと分かりながら、とりあえず「どうも」と声をかけると、Mさんはこちらを見ないまま「おー」と言った。

Mさんは機嫌にむらのない人で、それは単純に私が恋人でも家族でもなく飲み友達なだけだからかもしれないけれど、ふてくされたり怒ったりするようなことはそれまで見たことがない。

Mさんは目を合わさず携帯の画面を見ながら道玄坂をのぼり出した。よどんだ空気だ。もしかして私が何かしでかして怒らせたのかもしれない。視線を気まずく不自然にきょろきょろさせて歩く。

いつもみたいにそこらの居酒屋に入って、座ってもMさんはぼうっとしている。瓶ビールがなくって、ふたりとも生ビールをジョッキで頼んだ。飲み始めるとMさんは少しずつ語りだし、どうもさっきは恋人とのやりとりがうまくいってなかったらしい。あれあれ、それは大変だねと話を聞いた。

いつもみたいにだいたい3時間くらい飲んで、店の前であっちとこっちに別れた。Mさんとは、飲んだあと一緒に駅まで帰らずに居酒屋の前でばらけることが多かった。帰りがけに本屋に行くんだとか、もう1軒ひとりで飲んでいくとか、Mさんには何かしら都合があった。今日は喫茶店で少し仕事をしてから帰るらしい。

私はいつも、居酒屋を出れば駅へ向かって電車に乗って帰るだけだ。今日もそうやって自宅の最寄り駅までたどりつき、酒の頭でぼんやりしながら、足取りだけはずしずし重めに大股で歩くうち、はっとした。

Mさんと私って、セフレみたいじゃん。

目的はお互いに酒だ。酒を飲むために適当に誘い合う。落ち合ったあと、目的地に行くまでがちょっとよそよそしい。酒がはじまれば盛り上がって楽しむ。店の前ですっきり別れる。待ち合わせで恋人みたいにふるまって笑いあういっぽうで、顔をあげず目を合わせずに目的地に行くドライな日もある。

もしふたりの好きなことが飲酒じゃなくてセックスだったら、目的地は居酒屋じゃなくてホテルにかわって、私たちはセックスフレンドになっていた。

なんだか急に、やっていることがべったりした肉感的なことのように感じられ、セフレというもの自体に対して否定する気持ちも思想もないのに体が冷えて皮膚がぞっとする。

酒を飲むこととセックスすることはまったく違うから、これは明らかに自分に対する詭弁だ。私は結局、Mさんが恋人にメールを打つので手をいっぱいにして、目も合わさずに居酒屋に向かう、存在を軽んじて飲酒の習慣の手癖のように私と会ったことに、シンプルに怒ったんだと思う。

Mさんは恋人との関係性に悩んで落ち込んでいたのだから、それくらいで怒らず飲み込むこともできたはずだ。もし文句があるなら、飲酒仲間をなめるなよ、無礼をやって尊厳を貶《おとし》めるなと、ちゃんと向き合って話をすればよかった。

でもなんだか、セフレみたいだという解釈は私にとってそのとき妙に鋭かった。愛情だけじゃなく、友情もなかったからこうなったのかもしれない。

結局そのあと、私はMさんを誘えなくなった。

誘い合う頻度のバランスが崩れると私たちの関係は成立しない。お互いに相手に執着がないから会うこともすんなりなくなって、しばらくして、Mさんは恋人と同居するため仕事を辞めてフリーランスになって静岡に行ったと聞いた。

男のひとと待ち合わせてふたりでどこかへ行くことは多い。仕事ではしょっちゅうだし、友達とだって機会はいくらでもある。そこにとくべつなにか思うことはない。

Mさんとの待ち合わせは誰との待ち合わせとも違う独特のものだった。

落ち合ってから居酒屋に行くまでの時間のあの気まずさと焦燥の記憶は、輝かずろくでもない、けれど案外かけがえない。

iPhoneを無駄に買う真実の人生

かつては安いスマホを買い替え乗りかえ使った。お金をかけないことを重視するあまり中古でぼろいのを買ってすぐ壊れるとか、ストレージが足りなすぎて動かなくなるとか、そういうことを繰り返してきた。

乗り捨てるようにスマホを渡り歩くのにすっかり疲れたのが2年ほど前。ちゃんとしたものを買い長く使おうと、はじめてAppleストアでiPhoneを買った。正確にはネットで予約して受け取りに行った。入店すると壁際で待つように言われ、そのうちやってきた店員さんが「はい」と白くて固いあのiPhoneの箱を渡してくれたのだった。配給のように手に入れたのはＳＥの第2世代。

ナンバリングのシリーズにくらべたら廉価で性能も抑えめの端末、それでもこれまでに比べるとずっとずっと高価だ。できるだけ長く使えてくれと、贅沢は言わない、それだけは頼むという思いだった。

機能は十分でまったく文句はなく、その後息子にも娘にも同じ機種を買った。気に入ったというよりも、ちょうどよかった。

スマホがあることにもはやすっかり慣れた体だ。あって嬉しいものではなく、ないと困るものだろう。あることにより、マイナスがゼロになるのが今のスマホだ。家族のメンバーの生活を「ふつう」のものにするためにSE2を3回買ったのだから現世は難儀だと思う。

SIMは以前からずっといわゆる格安スマホのを使っている。私の番号を親に息子の番号をぶらさげて、娘の番号もぶらさげた。3回線をひとつの通信量でシェアするタイプのパックだ。

息子も娘もWi-Fi環境外ではほとんどスマホは使わないし、私もスマホで動画を観る習慣がないから、通信量は一番少ないコースで問題ない。3回線分にもかかわらず、月々の利用料が飲み屋に1軒行く以下の値段なのは素直にすごい。

そうして端末もSIMも、買ったことや契約したことを忘れるほどに安泰のまま、ふつうにスマホという空気を吸ってしばらく暮らしていた。

それがあるとき、インターネット閲覧が異様に遅く感じられるようになった。そのまましばらく暮らすうち、重いのはデータ通信だけで、Wi-Fiのある環境なら問題はないとの理解が進んだ。

なんでだろう。検索してみると、月の通信容量が契約した量より上回り速度制限がかかっているか、端末のストレージが圧迫されているか、いずれかが原因と書いてあるページがいくつかヒットした。

もし速度制限がかかっているとしたら通信量をシェアしている子どもたちも通信は遅いはずで、聞いてみるが息子も娘も問題なく使えていると言う。遅くて困っているのは私だけらしい。

ではストレージが原因か。

理論的にはストレージが圧迫されても通信速度には関係はないとも聞くが、ほかに手立てもなく祈るように動画や写真、アプリを熱心に削除した。よし、これで大丈夫、と思うのだけれどそれでもやはり、外に出かけWi-Fiが切れると通信はもったり重い。

そのうち、いよいよPayPayなどバーコード決済のアプリを立ち上げたときにバーコードが表示されないほど遅くなってしまった。乗り換え検索も結果の表示までに異様に時間がかかり、目の前の電車に乗っていいものかどうかの判断が間に合わないくらい。

私のスマホが健全である、その状態が私のゼロの状態だとしたら、これはもはやマイナスにふれたと言っていい。空気が薄い。

ちょうどその頃、仕事で会った人が「最近5G使える端末に買い替えたんですが、5G、めちゃくちゃ速いですよ」と言いながらスマホを操作するのを見た。へえと思って調べてみると、契約しているＳＩＭは5Gの利用が開始されているらしい。ただ、私の持っているＳＥの第2世代では5Gが使えないこともわかった。

今やＳＥには第3世代が登場しており、こちらは5Gが使える。

買い替えか。ここで初めてその可能性を感じた。しかしＳＥ2を買ってまだ2年なのだ。データ通信が重い以外は何の不都合もない。

どうしたものかと思う間もずっと、通信速度の重さは改善しなかった。このころ遠地へ出張する用もあって不便はいよいよ文字通り、痛感、だった。頭が痛くて胃も痛い。画面がゆっくり切り替わるまでの白い画面を見る目も乾いて痛い。

出張から帰宅した日の朝、起き抜けに中古スマホ販売のネット通販で、ひらめくような衝動を装って未使用品とされたＳＥ3の購入ボタンを寝返りとともに押した。

納得はいっておらず、熟考すればするほど買えない、だからぶちギレたことにして買ったのだ。

購入ボタンを押した翌日、注文したiPhoneが届く前に、買った店から月間とくべつキャンペーンお買い物10％割引クーポンが送られてきた。今日まで待てば1割引きで買えたらしい。1分ほど静かに軀体を床に横たえ全身の筋肉を弛緩させ、その身が起き上がるころ、SE3は届いた。

iPhoneはいつからか、新しい端末に砂嵐のようなもやもやした点描の玉を表示させ、それを古い端末のカメラで読み取り、隣り合わせて2台のiPhoneを置くことによって全データを移行できるようになった。片方から魂が抜き出され、新しいもう片方が吸うように入魂する。壁紙からTwitterの検索履歴までまったくそのまま新しいiPhoneに乗り移る。技術の進化というのは非常にスピリチュアルなものである。

1時間もかからずに、さっき届いた見知らぬSE3は私のSE3になった。

ああ、これでようやくデータ通信ができるようになる、外でも自由にインターネットが使えるようになるんだ。設定もせずにつかんだWi-Fiをデータ通信にためしに切り替えてみた。

重いんですよ。

重い。ふいの沈黙くらい重い。

娘が公園で動画を観まくっていたのだった。結局は。通信制限がかかっていたのだ。

重いことを確認してすぐはまだ、私の端末になにか原因があるのかと思った。よくない設定がされていて、それもまるまる引き継いでしまったのだろうと。

でもあれだけ調べて原因はすべてクリアにしたのだ、そんなことがあるだろうか。それでおそるおそる、近くにいた息子にWi-Fiを切ってスピードテストをしてもらった。重かった。ふいの沈黙の重さは私だけのものではなかった。

データ通信が重くなってすぐのころ、息子も娘も、自分たちの通信には問題はないと言った。あれは問題があるとどうなるかを知らないから問題がないと言っただけだったのだ。

格安ＳＩＭの会社のマイページにアクセスした。通信容量の残量が、ゼロになっていた。容量があれば色付きで表示される円グラフがグレーだった。

なんで一番最初にここを確認しなかったんだ。いや、確か何度か確認したのだ。そのときは大丈夫だったはずだったのだ。でもとにかく、何度見てもいま現在、容量がゼロなのは間違いない。

おそるおそる娘に外で動画を観たりしていないかと聞いた。観ているよと返ってきた。「公園とかでみんなで集まったときに、YouTube観てるよ」

スマホを契約してもう何年になるだろう。はじめて手にしたのはソフトバンクのショップで買ったiPhone4だった。動画を観る習慣がない、ゲームをすることもない、それはすなわちギガが切れたことがない人生だった。

ギガを切らす人間がこの家にいるなんて、思いもしなかった。息子や娘を他人と見なせていない、自分ではない人のことを甘く見ている、これはその証左だと反省するしかない。


月初がやってきて、通信制限は解除された。通信は、回復した。

これまでも、おそらく月初には通信状況が良くなり、娘が公園でYouTubeパーティーをしたあたりで制限がかかって重くなるのを繰り返していたのだと、今になっては思う。まさか自分のスマホに速度制限がかかるとは思いもよらず、実感として常になんとなく重い気がする、と総体で判断していた。

非もなく魂を抜かれたSE2と、無駄に魂を入れられたSE3が手元に残った。


こういう体験をすると、リアルな人生を感じる。それはフィクションとして成立し得ない、ドラマ性のないアクシデントでありエピソードだからだろう。見慣れたフィクションにはこの手の、説明の長いうまくいかない事象は起こらない。

娘が配信サービスで医療ドラマの『コード・ブルー』の劇場版を観て大変に感激

し、ぜひドラマ版を観たいというので久しぶりにレンタルで借りては返しを繰り返している。シーズン1からはじまって、つい先日、最終シーズンであるシーズン3の最後の巻までたどりついた。

ドラマでは大変なことが次々と起きる。事故で人が亡くなったり、後遺症の残る怪我を負うようすも描かれる。私は娘が熱心に観るのを横目にするくらいだったが、隣で洗濯物を畳みながら画面に映し出された悲壮な様子の登場人物がだいたいこんな感じのことを言うのを聞いたのだ。

「今朝まで、こんなじゃなかったのに……」

突然の事故にあってしまい、家族が死線をさまようさまを前にした人のセリフらしかった。

ふりょの事故にあった人の思いのすべてがここにこもっているのではないか。事故や災害で人が無念にも亡くなるニュースを見聞きするたび、その人が朝、何事もなくいつものように身に着けた衣類で旅立ったことに心から驚く。今朝まで、こんなじゃなかった。人間が現実的に確実にはかないものだと知らせるおそろしいセリフだ。フィクションだが、これは真実でもある。

そして真実の人生には、勘違いから無駄にiPhoneを買う日がある。買った

SE3を見るたびに「無駄買いしたiPhoneだ」と、そう思ってはせっかくの新しいiPhoneが気の毒だから、無駄だったことを忘れようと努力する、そんな日だ。ドラマ『コード・ブルー』の登場人物も描かれない部分でそういった日常をおくるはずだ。彼らが実在するならば、そうなんだろう。

観終わったDVDは今日の12時までにレンタル屋に返さねばならない。さっきまでそれに沿ったスケジュールを組んでいたのだけど、あぶれたSE2をどうしようか床に横になりながら考えていて家を出るのが10分遅れ、店に着いたら12時5分だった。

延滞料金を525円払った。

いちじく

祖母の家には庭がない。けれど戸建ての四方にはおおむね70センチくらいの隙間があって周りを一周できた。

間口は歩道に面しておりフェンスで仕切ってある。バラとクチナシがフェンスにもたれるように植えられ季節ごとによく咲いた。フェンスに沿って西側の角にはびわの木が育ち、これは2階のベランダまで葉が届く。よく実のなる年、そうでもない年が不思議とランダムにめぐる木だった。

西側の路地は日が当たらずじめっとしている。ぼろぼろのポリバケツが置いてあってここに祖母は可燃ごみをためていた。蓋のへりが折れに折れてなくなってあともうちょっとで落し蓋になるところ、ギリギリ蓋として機能している。ポリバケツのわきには夏にミョウガが生えた。祖母は昼のそうめんの薬味にするのに摘んでいた。

思い出せないのがいちじくの木の場所で、あれは玄関の東側だったか、いや西側、びわの木の隣あたりだったたか。身長158センチの私より少し大きいちゃんとした木だったがなかなか実はつかず、祖母の家に10年近く居候した私も長くこの木がいちじくだとは知らなかった。

植物には詳しくないが、ふいに受粉のチャンスが訪れたとか、そういうことだったんだろうか。大きな手形のような葉だけが常にざわざわ揺れるこのいちじくの木に、祖母とのふたり暮らしの続くある日、ひとつ実がなったのだった。

生活と共にある植物が実をつける突然に祖母は歓喜した。

大正生まれで戦争の時代を生きた人だ。物への執着は並々ならず、マーガリンの入れ物も洗って重ねてとっておく、一時期は瓶ビールの王冠も捨てずにためていた。何もないところから果物がうまれるなんていうのはたまらない思いだったろう。

朝出かける前の私を呼び止めて「珍しくいちじくがなったのよ」と祖母は言い、枝に下がるまだ小さな実を指さして見せてくれた。「ぜんぜんならない木だったのに、急に」

祖母はよく「植木は実物《みもの》の木が好き」と言っていた。びわの木もそれで大切にしていたし、実のつくシーズンは日々楽しみなようだった。

ところで祖母はいちじくが果物としては嫌いだった。

この家にかつて祖母と暮らして先に死んだ祖父はねっとり甘いものが好きだったから、いちじくの木は祖父が決めて植えたのだろう。まだ小さい実を眺めながら私に「熟れたら食べるといいわ」と言った。「うん、ありがとう」

じつは私もいちじくが嫌いなのだ。私は祖母がいちじくを嫌いなことを知ってい
て、祖母は私がいちじくを嫌いなことを知らなかったのだった。

いちじくはじわじわと実を大きくして熟れていき、私たちは見守った。いよいよ
というところで祖母は迷わずもいで、銀紙にくるんで冷蔵庫で冷やし、私にくれた。
手のひらで銀紙が冷たかった。

18歳の頃、まだ祖父が生きて暮らしていたこの家に転がりこんで、それから5年
も経たないうちに祖父は死んでしまった。その後も私は同居を続け、その間ほとん
どずっと、祖母に気遣わずに好き勝手に暮らした。

祖母はあれこれにとらわれず、とくべつなこだわりもなく、ただ日々を規則正し
く暮らす、そのことだけを願って生きていたように見えた。寝て起きて、三食ご飯
と、それから午後におやつを食べる、手紙がきたら返事を書いて、贈り物があれば
お返しをみつくろう。家事のあいまの時間にはスパイ小説や歴史小説を読んでつけ
っぱなしのNHKをたまに眺めて書店から届く「暮しの手帖」を繰る。ごくまれ
に近所の友達と宝塚の公演に出かけることもあってそれはそれは楽しみにしていた

けれど、非日常よりも日常の繰り返しがいかに円滑であるかに執心していた人だ。体もメンタルもとにかく丈夫で、いつもほがらかで優しい。健康でおだやかで日々がぶれない。日常過激派としての心身そのものだったと思う。

ルーチンワーク至上主義でメンタルが鋼のように一定の祖母と私は、肉親の親密さがあると同時に居候と家主のようなドライな部分もあって、とくべつ二人で一緒に出かけたりとか、関係性を深め合うためのトピックやイベントはほとんどなかった。

祖母の淡々とした暮らしがあって、一方別途、若い私の暮らしがあったわけだが、私の若い暮らしが祖母の大切な変わらない日々を揺るがしていたことを私は忘れてはいけない。

うかつにインフルエンザや胃腸炎にかかってウイルスを家に持ち込んだし、古いベッドを処分するんだと勝手に決めたし、処分するベッドのマットを2階から階段をすべり落とすように降ろそうとして灯油のタンクに激突させて灯油を玄関にまきちらしたし、夜中に友達と大声で電話をしたし、猫のあまり好きでない祖母に知らずに猫のガラス細工を贈ったし、祖母の友達で縫製業を個人で営む石山さんにジャケットのリメイクを依頼したのに仕上がりが気に入らず泣いたし、いきなり金髪にしたし、家にある古い全集を売って処分しようとはりきって古書店を呼ぶも1000円にしかならなかったし、酔っぱらって帰って階段の上り下りを永遠に繰り返して寝ていた祖母を起こした。

祖母が大切にためたマーガリンの入れ物や瓶ビールの王冠に対してもあからさまに懐疑的にふるまった。

もっと祖母をうやまい、祖母の始まっては終わる日々の繰り返しを侵さず、暮らしのなかにある静かな喜びをそっと共有するべきだったといつも悔しく思い出す。

それだけに、このいちじくのことだけが、せめていま言い訳のように誇らしい。

祖母に手渡された銀紙にくるまれた冷えたいちじくを、私は喜んで、盛大な感謝をこめて祖母の前で食べた。

次のおとなへ押し上がる

人生が40代に入ってしばらく経ち、「おとな」のターンが一辺倒でないことにやっと気づいた。

ぼんやり、おとなになったらもうずっと変わらない同じおとなだと思っていた。人生の時代を色で分けたとき、乳児期、幼児期、小学生、中学生、高校生、10代あたりまではカラフルに色が変わるが、だいたい20代の中盤くらいを超えるとそこから先はおおむね「おとな」一色だととらえていたのだ。

おとなを続けるうえで人それぞれに時間とともに状況が変わっていくことは解っていた。そこに波瀾万丈があり悲喜こもごもがあって生活に波形があるのは理解はしていて、でもそういう具体的な生き方の話じゃなく、たとえばおとなになってしまうと、単純にもう背はのびない。同じ背丈の体を太らせたり痩せさせたりしながら生きるだけになる。未就学だったのが小学生になるとか、大学生が社会人になるような心身の成長にともなう、確実に目に見えるようなステージがあがる変化が起きない。そういう意味で、のっぺりと時をつないでいくのがおとなだととらえていたのだ。

その感覚は20代とか30代のなかばくらいまでは同じだったと思う。「社会に出ちゃうと学校にいたころみたいに学年が上がらないから、3年くらい経ったところでなにも変わらないよね」なんてことを同世代と集まっては共有しあって、おとなというものの単色具合をかみしめていた。

30代の後半に入りその感覚に静かな揺らぎが起こりはじめた。

揺らぎの微震を察知したのは、いちど加入してやめた生協に再加入したあのときだ。はじめての子どもができてすぐのころにいちど入会するもスーパーよりも割高なのに耐えられずやめて、ふたり目の子どもができて価格が手ごろな品物も扱う別の生協に加入するも注文が面倒になってやめ、コロナ禍に入って外出を控えるためにまた入った。人生で3回目の入会だ。

生協的に、私は3回転生したことになる。一度やめたら終わりじゃない、おとなとして生きる期間が長いからこそ起こる、ここにも輪廻《りんね》があると思った。

懐かしい子どものころの自分がいて、いまの自分がいる。かつては子どもの上におとなとしての人生を塗り重ねていたわけだが、おとなは、おとなの上におとなの人生を塗りつぶす。過去の記憶のなかに「おとなの自分」が登場しはじめた。

3歳のころ、生まれた東京から神奈川に引っ越した。低層の団地の3階に家族で暮らし、同じ団地や隣り合って建った社宅にたくさん子どもが住んでいて小学校にあがると放課後に大勢でよく遊んだ。

みんなでソフトボールをした空き地には目に感染症を持った野良猫がたくさんいて心配だった。団地から学校までのあいだには雑木林が点在して、木のあいだに自然にできたらしい獣道的な道を小学生からおとなまでみんなが通勤通学に使っていた。どんぐりが落ちていてよく拾った。

近くを走る幹線道路沿いに大きな家具屋があって休みに父に連れられよく行った。私が小学校に上がるころ、妹とふたりでここで学習机を買ってもらったのがうれしかった。学習机の上に敷くマットが欲しかったけれど、それは買ってもらえなかったんだっけ。

小学5年生のころ、下にどんどんきょうだいがうまれ家族の人数が多くなりすぎ家に収容できなくなった。当時は戸建てにしろ団地にしろとにかく新築住宅が大ブームで販売はどこも抽選、やっと家が買えて私たちは今度は埼玉に引っ越した。

以来神奈川の団地のあたりは何年も訪れなかったのだけど、離れず住み続けた幼なじみの一家をたずねて、20代の後半になって久しぶりに行った。

団地は外壁の塗りなおしを重ねつつ変わりなく建っており、雑木林もあって獣道もまだしっかり踏みならされていた。おとなになった幼なじみには奥さんがいて、たくさん拾ったから煮て飾るんだと拾ったどんぐりを見せてくれた。煮ないと中から虫が出てくることがあるそうだ。子どものころはかまわず保管していたなと思い出す。

団地と社宅とを行き来する小道もまだあって、小道を通るときに私がよく押した外壁のコンクリートの境目を埋める軟らかいパテが子どものころと同じ感触だった。社宅と空き地はなくなって、新しい一軒家がたくさん建っていた。野良猫は一匹も見なかった。

35年前の小学生のころがあって、あとの再訪がもう15年前のことだ。その両方をいまの私は過去の記憶として持っている。

懐かしさはもちろん、歴史が二重になったそのこと自体にふるえるような生存の実感がある。記憶に周回が発生することで、おとなの生がもう単色のようには思えない。

記憶と記憶の重なりあいがロケット鉛筆みたいに機能して、なにか自分が次のおとなへ押し上がるようだ。階層的なグラデーションがあって、具象的ではないにしろ、子どものころの進級のような状態が起きているようにも思える。

つながる記憶の積み重ねはむしろこれから先が本番だろう。高齢にあたる年齢まで生きれば、中年のころの私が記憶としてあらわれる。それで最近、私はまだまだこれからどんどん大きくなるような気持ちがしているのだ。

3回目の生協は便利に使い続けている。

解説

長嶋有

古賀及子さんとポッドキャストの配信（『古賀・ブルボンの採用ラジオ』）を続けてもうすぐ二年になる。その初回で、コラムニスト・エッセイストについて話し合った。

古賀さんはWebに載せている日記が人気だが、だからといって即、コラムニスト、エッセイストと自称してよいものか、逡巡していた。そのてん小説は簡単だ。「新人賞」という関門を突破することが職業の基準になるから、一冊本を出しただけでも「作家」と「言う」気にはなれる（むしろ、腹をくくって言っていかないといけなくなる）。気持ちを「受賞」が外から補強するわけだ。

Webに日記を書いてアクセスをどれだけ得ても気持ちはフワフワだ。Webが劣るという意味ではなくて、気持ちと無関係に発動する（歴史や権威という）外付けの手応えが、どこまでもない世界だ。

ない中で、古賀さんは旺盛に日記を書き続け、読者をどんどん増やし、それは紙の単行本にまとまった。「5秒日記」という新たな（地味でかつ目覚ましいという希有な両立を示す）やり方を提示してみせ、今やWeb日記の第一人者といっていいだろう。

今作は日記ではない。彼女の初「エッセイ」だ。日々の中での違和感や関心を丁寧に言語化するという点では、すでに開陳されている彼女の日記と同じなのだが、違うのは、彼女はエッセイと銘打って、つまり「言って」から書いた。私は今から他でもないエッセイを書くぞ、という意識がここにあるわけだ。

本書を読むと、なるほどこれはエッセイだ。一日のことでない、回想が多くある点で日記的でないわけだが、そんなこと以前に、ごんぶとのというか、ボディブロウみたいな、というか、ウーハーの効いたような重い手応えで「え、エッセイじゃん！」と呻《うめ》いた。向田邦子や武田百合子に伊丹十三、僕が名エッセイストのそれと感じる文章がここにあった。

文章にはまず出来事や考えがある。そこに喜怒哀楽とか感情の機微とか、そういうことが絡んでいて、我々はひとまずそれを読んでいる。だけど古賀さんの文章は、喜怒哀楽や感情が出てくるか、出てこないかの際のところで、文がその横に回って、しげしげとみてみせる。

なにかがもたらす感情に対し古賀さんは常に順接でないし、反抗的でもない。「俯瞰的」と言えば言えるのだが、上から見下ろしてはいない。むしろ潔癖に、上には立たないと決めていて、必ず横（なんなら、少し低い斜め下）にするんと回って、採点したり正否を決めることなく、味わっている。

僕の子供の頃、お歳暮が届くと祖母が真剣な顔で包装紙をはがした。テープをいくつかはがし、途中で箱を裏返してテープを追いかけ、どこまでも慎重さを保ってはがし続ける。「紙を大事にとっておきたい」からだが、その祖母の真顔や切れのある動きの儀式めいたムードに、目的を超えた神聖さをみてとった。

包装紙を開くとき、子供は実際に「横から」低い位置でそれをみる。あらゆることに定見を持たない子供時代には発動される、この「横に回って」の感じ方を、古賀さんは自然にか旺盛にかは分からないが、大人になった今もなお抱き続けている。

格安ＳＩＭの速度遅延について、娘の申告の嘘が発覚しても、娘をたしなめないというのは子育ての方針だが、ただたしなめないのでなく、娘のスマホ使用を他者のふるまいとみなし、ただ驚くということをする。

たとえばおばあちゃんとの同居も、ただの「いい話」にならない。先人を敬い、懐かしみながら、マーガリンの容器を捨てない一面をちゃんと疎んじており、若い自分の「疎んじ」さえ精確に書く。

リステリンの黄金色は古賀さんの感受によって、宗教的なシンボルになる。「口腔内をさっぱりさせ、歯周病を予防する」という、商品自体が「書いて」知らしめんとするこの世への働きかけは、それを過剰に信奉する祖母と、横の角度から眺める古賀さんの筆によって書き換えられ、全く別の神話めいた受け止めに様相を変えてしまう。

日記だと、どうしても今現在、子育てしている場面が中心になる。今回はエッセイという仕組みゆえ、むき出しの古賀さん一人もよくみえる。「横にまわってみせる」独特の手付きの手前の、基礎的なこと。つまり、ただの「出来事や考え」もここには立ち現れている。子供時代の入院、引っ越し先の風船のような街の暮らし、喉のたこをとるための通院や恋愛。共感だけでない、こちらが驚くようなことも書いてあるが、決して反感や疑念や同情を抱くことがないのは、言い訳や安易な反省のない、横から自分をみる姿勢が一貫して、筋が通っているからだろうか。

少し前の「ゆるゆるとした」「よい」暮らしを志向するエッセイではない、もっと昔の向田邦子や武田百合子とも違う、アプリに頼り、ミールキットで多忙な家事をいなしながら心の中だけがずっと豊かな、新しい時代の、待望のエッセイストの誕生である。

気づいたこと、気づかないままのこと

二〇二四年二月五日　初版第一刷発行
二〇二四年十一月二十八日　初版第二刷発行

著者　古賀及子
装画・挿絵　しまむらひかり
装丁・デザイン　たけしげみゆき、尾々田賢治
進行　逢根あまみ
発行所　シカク出版
大阪市此花区梅香一丁目六番十三号
http://uguilab.com/shikaku/
印刷・製本　創栄図書印刷株式会社

ISBN978-4-909004-81-9 C0095